諸《もろ》刃《は》の憲《けん》（春）

山賀幸道
YAMAGA Koudou

文芸社

目次

第一章　敗戦、そして自分との勝負

第一章　敗戦、そして自分との勝負

一億一千万円の負債

哲二《てつじ》は、自分の机に座って腕を組み、部屋の中を見廻した。

(あぁ！　何てことなのか、俺としたことが！)

胸を突き上げる言葉をぐっと呑み込んだ。自分が東京に上京して、「夢」と思っていた会社を立ち上げて五年目……。

東京での俺の城が、今、崩れ落ちようとしている。一時間程前に債権者会議という形の上だけの会議が終ったのである。発注した全ての仕事の未払金に於いて各々の業者が集合して怒号の戦場であった。人間というのは不思議な動物の一つであろう。金の流れが良い時は友人・知人という言葉だけで義《ぎ》を立て、筋《すじ》を通すのが当り前のように生きている。だが一端、銭《ぜに》がないという事態になると豹変してその銭を取るために善人面になり、他人事の様に考え方を変えて敵のごとくに変わる、今までの友も、仲間も！

そんなやり取りが繰りひろげられた事務所の中も今は哲二、一人だけで机に座っている。走馬灯の様にこの五年間が頭の中を揺れ流れていく。

（うーん……！　甘かったか、本当に甘かったか！　でなければ資金ショートをすることになっていないはずだ、ちくしょう、畜生め！）

誰一人といない事務所の中で、声なき声で叫んだ。机の上には一枚のＢ４サイズで会社の収支報告書が詳細に計上されて置かれている。会社の負債総額は、一億一千万円である。その内訳は銀行借入金残高、約六千万円、手形振り出し分の未決済分、約五千万円であった。

（あぁ！　一億一千万円か！　すぐにどうにかなる金ではない、まず銀行関係は話し合いでとりあえず待ってもらおう、問題は振り出した手形分の金だ。これは今すぐ考えて手を打たなければならん。でないと会社は完全に倒産するぞ！　消えていくんだ！）

一人でこれほどの恐怖を感じたことは、今までの人生三十一年間ではなかった。無言の圧力でひしひしと迫る支払い期日！

その時、「リイン、リイン、リイン――」と、机の上の電話が鳴った。

（誰だ！　今さら！　このタイミングで電話を入れるヤツは！）

と想いながら受話器を取った。

「もしもし。……いるかい開溝《かいこう》ちゃん！」

「ハイ、開溝コンサルティングです、どちら様ですか」

「私ですよ、山川です！　お前さん！　大丈夫かい、いろいろと話は聞いていたんだけど、仕事で出張していてなかなか電話がとれず、申し訳ない、どうなんだい、今の現状は？」

「山川さん、僕の方こそ申し訳ありません。電話もせず、いろいろ忙しくて、本当にすみませんでした、ごめんなさい！」

「いや、そんなことはどうでもいいんだよ、それより実の話、今の現状はどうなんだい、何もしてあげられないけど、話ぐらいはしてくれよ！」

「はい、申し訳ありません。山川さんの心配されているように最大の危機です。もう、債権者会議も本日終了しました。今は会社をどう扱えばいいのかと苦心しています……」

哲二は山川氏に現状での己の心の中まで見抜かれたくなかった。できるだけ落ち着いて言葉を選んで話をしようと……。

「なぁ、開溝ちゃん、資金ショートはどれ位あるんだい、債権者会議が終ったというのであれば、収支報告書も既に君の手元にあるだろうし、トップである君がそのあたりを掴んでないとは考えられないことだからさ……」

「……はい、山川さん、本当に申し訳ありません、今、電話で詳細は話すことができませんが、債務は銀行関係で約六千万円、それと外注費、協力会社等の支払いを僕が手形支払いで実行しているもので、その手形未決済総額が約五千万円、負債総額は全体で一億一千万円位です……」

「いや、いや……開溝ちゃん、ずいぶん借《しゃく》を増やしたネ！　君らしくないといえばそうだけどネ、でも一億数千万円とは半端な額ではないよ。しかも、銀行融資だけでなく、未払い手形の決済分は本当に大変なことだぞ――。

　君は充分にその事実を解っている、だから会社がどの方向に進むのかも承知している。そうだろう！　君の考えを聞いておきたいネ」

「ええ、そうです、簡単な金額ではありません。山川さん、僕も今いろいろと苦策中です。僕の力がないため、この事態を招いたのですから僕の責任は重大です。何とか策を考えて前に進みます。とにかく今打つ最大の手を考えます。それが僕の役目です……」

「なぁ……開溝ちゃん、君が考え、君が進む道だから他の人は何も言うことができないだろう……。でも一つだけ約束してくれよ！　私は綺麗事を今更言うことはしないよ、そんなことは君自身が一番わかっていることだものネ。いいかい、人の生きる道は一回しかないんだ、だから大切に生きろよ、無理はするなと言っても、無理するだろうけど、特に体を充分に厭《いと》うて生きて生き抜けよ。

君ならやれると私は確信しているからさ。君と私は『男の生き方』を語り合った同志だから、とにかく、体だけは厭うて生きてくれよ！　頼むぜ！　約束だよ！」

哲二は受話器の向こうで、真実に心配する山川氏の心を考えると胸が一杯になった。

「山川さん、有り難うございます。本当に御世話になりました。今からしばらくの間は連絡が取れないと思います。でも、必ず再会の日を約束しておきます。御身を大切にして下さいませ！　本当に有り難うございました……」

山川氏は何も言わなかった。

哲二は電話を切って、(ふぅー) と大きく嘆息した。

(もう何年になるんだ――)

日洋興産株式会社に入社してからの付き合いで、会社を辞めて、独立してからも親でも子でもない自分を弟のように面倒を見て下さり、社会の中で技術者として、人間として、一人前になるまで育てていただいた恩情は、どんな物とも、比較することができないぐらい大切な実であった。

＊＊＊＊＊

哲二は、はっとして正気に戻った。夢を見ていたのであろうか？

（お前、机についてそのまま何分か眠っていたのか！　今眠っている暇はないぞ、おい、しっかりしろよ！）

再度、目を見開いて事務所内を見廻した。何一つとして変らずそのままの状態である。

（俺は相当疲れているよなぁ。それもそうだ、ここ二、三ヵ月間は家に帰らず会社のソファーで寝起きしていたからなぁー）

哲二は気持ちを切り替えて、策の練りを続けた。

（あの人にはこの事実を伝えておかなければならないんだ！）

頭の中に浮かんだ一つ《ひと》つひとつ、対処していくことが今は重要なのだ、哲二は受話器を取って電話番号を回した。

「もしもし、カワノビルオーナー室の高橋です」

「もしもし、開溝です、お元気ですか？」

「ボンですか！　お久し振りですね、ボン、元気でしたか！　どう、仕事の方はうまくいっていますか！」

カワノビルオーナー・田部五郎《たべごろう》会長の秘書、高橋さんの懐かしい声であった。

「お久し振りです、高橋さんもお元気で何よりですネ！　で、会長は居られますか？」

「……ボン、あのね、会長は三ヵ月前に亡くなられたのです。ボンには絶対知らせるなと会長の強い言葉だったので、知らせなかったの！　ごめんなさいね……。それで、仕事の方はどうなの！　会長もそのことを一番気にして居られましたからね」

「えっ！……会長が亡くなった！　どうして！　何で！　高橋さん！」

哲二は受話器を持ったまま茫然として、頭の中は真白くなり、深い悲しみが胸の奥から沸き上がってきた。

（何でだよ！……何で！）

「ボン！　ボンね！　聞いていますか！　会長さんがボンに実践経営を教えていたのは、三年前かな――。その時、既に病気だったのです。内臓の癌でした。自分の意志で手術をしないで、ああやって仕事をして居られたのですよ！　ボンのことを本当に好きで、可愛くて、まるで自分の実の子供のように他《ほか》の人にもよく話して居られましたよ。私もね、その心中がよく解りましたから、会長さんの言われた通りに行動を取ってきました、今もね！

ボン、大丈夫ですか？」

「……はい、大丈夫です」

「それでね、ボン、会長さんが亡くなる二ヵ月位前にボン宛の書簡を託されました。その時に会長さんが『ボンは近いうちに必ず電話をかけてくるから、この書簡はその時点で開封して君が読んでやってほしい』と言われたんです。ボン、いいですか？　大丈夫？」

「……はい大丈夫です、高橋さん、でも……僕は今、本当に辛いです……。何とか心をしっかりして、会長さんの言葉を聞きますので読んで下さい！」

「解りました。では読みますよ。

『ボン、元気にしていますか。

新しい事務所に移転することを、我を通して突き進んだボンの意地、その結果はどうでしょうかね。

でも、この私の書簡をボンが聞く時には私は既にこの世界から消えています。

又、ボンの事業もうまくいかず、最大の危機を迎えていると察します。

秘書の高橋くんにいろいろと相談して、私はこの方法を選びました。

ボン！

日誌は毎日付けていますか！

人間というやつは、すぐに過ぎしことは忘れますから、自分をチェックするのに日誌は大変役に立ちますよ。

事業を成し遂げるということには、本当の意味で「力」がいります。

ボンと三年近く接して、私の考え方、そして、今からの日本経済の中を生きていく考え方、私なりに教えたつもりです。

経営学は大学で学びなさい、実践経営を全て、私の実経験の礎の中から君に伝授しましたよ。

ボン、自分のやっている事業がたとえ、今、うまくいかなくて、壁にぶつかっても、何があっても絶対に諦めてはだめですよ。その時は、耐えて耐えて時の流れを待ちなさい。

人に頼るのではなく、自分の知恵で考えて行動しなさい。

ボンはまだ若い！　いいですか、今なら間にあいます。

再度、やり直すことがね！

とにかく頭を使って考え、戦略を練り、行動すること。

私が伝授したことをノートに書いて勉強してきたでしょう。そのノートを今、再度読み返して物事を決断しなさい。

たぶん
ボンは「約束手形」を切ったことでしょう！

その処理の方法もノートの中に書いたでしょう！　今実践する時ですよ。

自分の心と考えを、信じて突き進みなさい、そして
必ず這い上がってもう一度、事業を興しなさい。

ボンは二十一世紀に生きる男ですよ、私はボンを信じます。

ボン、必ず這い上がりなはれ！

そして事業家になりなはれ！

田部五郎』

開溝のボンへ

ボン、会長さんの手紙の内容をちゃんと伝えましたよ！　ボン、やりなはれ。私もそして天国の会長も見守っていますからね！」

哲二はすぐに返事ができなかった。胸がつかえて涙が滝のように頬を流れた。

「……うぅ……！　高橋さん、よく聞きました、解りました。本当に有り難うございました。会長の仏前に、この開溝哲二、言われた言葉を心中深くに納め、必ず這い上がってみせます……と、御報告しておいて下さいませ。高橋さん、何はおいても、とにかく体は充分に厭うて生きて下さい。本当に有り難うございました。失礼します……」


受話器を置いて哲二は大声で泣いた。

「うぉー、うぉ……会長！……会長！……」と大粒の涙が顔中を覆った。机の上を両手で何度も叩いた。怒りと、淋しさを打ち消すために！　会長が逝った事実を、哲二はすぐには認証することはできなかった。


哲二は会長との出会いを思い出していた。

カワノビルオーナーの田部五郎会長、そして秘書の高橋マサ江女史との出会いは四年前、哲二が二十七歳の時である。

哲二は毎朝、事務所近くの喫茶店でコーヒーを飲んでから出社することが日課になっていた。

あの朝は仕事の打合わせが入っていて、十時頃、喫茶店のドアーを開いた。

いつものようにカウンター席に座ったところ、哲二の席の右側に男女の二人の先客がいた。一人は初老の男性で品格があり、眼鏡をかけていた。もう一人の女性も、それなりに年は取っていたが、服装・顔立ちとも品のある美しい女性であった。

「マスター！　ホットを一つネ！」と注文した。

「お早ようございます。今日は少し遅いですネ、今、ホットを入れますから……」

若くて純朴そうな青年マスターと、いつもの会話をしてコーヒーを待つ。

店の中のつくりが素朴でカウンターの卓上が広く、何となく安心する店内であった。

暫《しばら》くして、コーヒーがカウンターの哲二の前に出てきた時、右側の初老の男性と目が合って軽く会釈をした。

店内では誰とも言葉を交わすことなく、数十分の一人の時、煙草をくわえて楽しむ唯一の時間であった。

人間という動物の出会いは何の定めで、決まるのであろうか、天、神、それとも人間一人ひとりが持って生まれた運命の糸なのであろうか。

哲二は会計を済ませると、事務所に向かった。その喫茶店から歩いて数分の所が、哲二の借りている事務所であった。

一階のエレベーターホールの前で、上りのエレベーターを待っていた。

その時、あの初老の男女が同じエレベーターホールに近づいてきた。乗るのであろうか？

エレベーターが一階に止まりドアーが開いた。哲二は乗り込んだ。初老の男女二人も一緒に乗り込んだ。

「何階ですか？　私は六階ですけど……」

「あっ！　すみませんね、十階をお願いします」と、女性の方が品のある笑顔で答えた。

そして、

「すみません、突然で。貴男は、六階で事務所を借りて居られるんですか？」

「えぇ！　そうです、あっ、遅くなりましたが、私は、開溝哲二と申します。宜しく」

と言って、名刺入れから自分の名刺を出して女性に渡した。

「まぁ！　丁寧にすみません！　株式会社　開溝《かいこう》コンサルティング代表取締役、開溝哲二《かいこうてつじ》。社長さんですか？　お若いのにご立派ですね、又の機会にお会いしましょうね！」と、女性は笑顔を返した。

エレベーターは六階に止まり、ドアーが開いた。

「どうも、お先に失礼します」と、哲二はエレベーターを降りて事務所に向かった。

その日から二、三日位経った午後、事務所のチャイムが鳴った。事務員が応対して哲二の所に来た。

「社長、今ですね、高橋さんという女性の人がお見えになって、十階の1号室に時間があれば来てほしい……と伝えて下さいと言われました」

「僕に！……何の用事なのかな？　高橋さんと言われたのネ。解った、手が空いたら行ってみるよ！」

十四時頃、哲二はエレベーターで十階に昇った。

（ビルの最上階か！　確か、この階は貸し事務所はないと不動産会社が言っていたはずだが？）

哲二は十階のフロアーで1号室を探してドアーをノックした。

「はぁーい、ちょっと待って下さいませね」と、部屋の中で返事がしてドアーが開き、

「あら！　開溝社長さん、いらっしゃいませ。私、秘書の高橋です、宜しくネ！　会長さん！　開溝社長がお見えになりましたよ、どうぞ中にお入り下さいませ！」

哲二は、ドアーに『会長室』と札のかかった部屋に足を踏み入れた。その部屋は自分が借りている事務所の大きさと比べて、倍近いスペースであった。窓側に大きい両袖付きの木製の机、革《かわ》張りの椅子、応接間の革張りソファーセット、重厚な木製書棚。それらの一《ひと》つひとつは高級品で、哲二は（うーん、すばらしい、どれも高そうな品物だ、又よく整理された部屋だなぁー）と思い、

「お邪魔します」と、大きな声で言って頭を下げた。

「はぁーい、どうぞ、どうぞ。そちらのソファーに腰をおろして下さいネ」

と、初老の男性が立ち上がって、一枚の名刺を持って近づいた。

哲二の頭の中に、何日か前、喫茶店、そしてエレベーターの中にいた初老の男性の姿が浮かんできた。今、目の前にいる男性は、正にその人なのである。実にしっかりとした大人の雰囲気で、落ち着き払い、着ているスーツもワイシャツもオーダー製品であることがうかがえる。ワイシャツの袖口のカフスボタンも一流のもので、着こなしも〝紳士〟であった。

紳士は、「田部と申します」と一枚の名刺を哲二に差し出した。

「開溝です、先日は失礼しました」と、名刺を交換した。ソファーに腰をおろして名刺を

卓上に置いて向かい合って座った。

（この名刺は紙質が違う！　和紙か！　印刷も墨質のもので字は明朝体、高い名刺だなぁー、俺の名刺は、一箱いくらの安いものだ！　それも仕方ないか！　神田の駅の路地で早作り印刷の名刺だもんな）

哲二は名刺を見直した。

『カワノビルグループ　株式会社
　会長　田部五郎《たべごろう》』

「忙しい時に呼び出して御免なさいね！　今日は時間がありますか、大丈夫ですか？」と、会長が柔らかな表情で話しかけた。

「えぇー、大丈夫です。時間は充分あります」

「ところで、開溝社長さん！　社長は、どんな会社を経営されているのですか？」

哲二は少し考えた。

（どんな会社？　どんな経営？　そんな実感は今まで持ってもいないし、考えてもいなかった。それをこの人にうまく説明できるものであろうか！）

会長はそんな哲二を見て、

「社長、済みませんな、別に貴男の会社を調べているのではありませんよ。貴男が若いのに事業をされていると聞いたものですから。どんな会社をやっておられるのかなと年寄りの余計な考えですかね！　まぁー、固く考えないでお話を聞かせて下さいよ！」

哲二は内心、ほっとしたような気分になった。そして、

「えぇ、解りました。会社といっても、本当に小さい会社で、社員も私を入れて今は三人です。株式会社ですが、資本金も百万円の弱小零細企業です！」

「いや、いや、立派ですよ！　会社というのは規模の大小で判断するものではありませんから、ちゃんと法務局に会社の定款を作成し、書類を提出して登録を受理されれば、それで充分ですよ。具体的にはどんな仕事をされているんですかな？」

（……具体的にと言われても……？）

「そうですねー、自分が今まで学んできた学問の延長です。会社の本来の目標は大きくて、地域に根ざすコンサルティング、たとえば、国・県・市・町という行政の考え方に民間の力を加えて、さらに充実した都市づくりを実現させる、そのために、進んで技術提携し、住む人が住みやすい町づくりを立案・計画して、実行する。その能力を手数料としてコンサルタント契約を結び、受注するというコンサルティング会社なのです」

側で黙って聞いていた秘書の高橋女史が、

「まぁ！　素晴らしい会社ですこと！　大きい理想を持って、この国の為になるお仕事ですよ！　そうですよネ、会長さん！」

会長の目は優しく笑っているように見えたが、哲二には会長の本心は掴めなかった。

「開溝社長！　貴男のコンサルティング会社は、今どうですか？　役所相手の仕事だから景気にはあまり左右されないでしょうネ。その上、受注した仕事のお金も誤りはないでしょうしネ。それで、儲かっていますか？」

会長の問いかけに、哲二は一瞬どきっとした。

（儲かる！　会社を立ち上げて二年目、儲かるどころか毎月の事務所代金、その他の経費も出ていない状態なのに！　いやいや、そのうちにきっちり仕事は決めてやる。それまでの辛抱じゃ！）

哲二は心の中で戦っている姿は、あえて他人には見せないぞという素振りで、

「いやいや、まだまだですよ。なかなか役所を口説き落とすのも大変でしてネ、そのうち、儲かって仕方ないというぐらい儲けてみせますよ！」と、作り笑いで答えた。

会長は話題を変えた。

「社長さんは、大学は工学部出身ですか？　専門は何なんですか？」

「はい、私は大学は一応工学部です。Ⅱ部《にぶ》建設工学の土木課程のコースを専攻しました。その前に二年間程、専門学校に行きましたので六年間位、大学を含めて土木の勉強をさせてもらいました」

「Ⅱ部というと？」と、会長は不思議そうな顔をした。

「えぇ！　夜間です。専門学校も大学も夜間です。昼間は日洋興産株式会社という中堅ゼネコンに御世話になり、夜は大学で学問を学びました」

　すると秘書の高橋女史が、

「社長さん！　偉いわねー、夜間の大学を出られたの！　大変だったでしょうね！」と、物珍しそうに哲二の顔をまじまじと見つめた。

（他人様というやつは、必ずそういう目で見るもんだ。夜間の大学というと苦学生というイメージで、又、お金に余裕のない部種の人間が辛い想いで学問すると考える。その通りだ。銭がなければ、大学に行くこともできない。でも俺は自分でこの道を選んだのであって、他人の命令や世間体などくそくらえと思っているんだよ……）

　哲二は、人間は年は若くともそれなりの生き方をするものであると考えていた。本人が知らぬ間に、心の中には一本の柱ができていたのかもしれない。

「社長さん、貴男は会社、いや、事業をやるために、経営学というか経営については学ばなかったのですかネ?」

「はい、私は経営については何一つ、全く学んでいません。自分で考えて、自分で決めてやるというのが私の信条ですから……事業もその考え方で進めています！　でも、その類《たぐい》の本は一応読んで、参考にしていますが……」

「そう、そうですか！　自分で考えて自分で道を開くですか！　その若さで立派なものですよ……」と、会長は簡単に言い切った。

哲二の心の中に、闘志が湧き上がってきた。

(俺の生き方は俺が決めて生きる、それが俺の生き方なんだ！　何くそ！　負けてたまるか、絶対に負けはしない、今に見てろ！)

この時、会長と哲二との会話を終始、程好い笑顔で聞きながら、時折頷いていた秘書の高橋女史が、「ねぇ、ねぇ……会長さん、私《わたくし》良いことを思い付きましたの！　開溝社長さんもよく聞いて下さいませ！」と、二人に話しかけた。

「私《わたくし》ネ、御二人の会話を聞いて気が付いたのですよ！　開溝社長さんはその若さで今から事業をやっていこうとされている将来の宝よ。その若さという強さと、その反面弱さもあるのネ。だから、うちの会長さんから、今までの経験や知識を勉強させてもらったらどうかしら！　そう！　うちの会長さんも現役を引退された今、会長職だけで毎日手暇な様子なのだから……。但《ただ》しネ、会長さんが教えてもいいよと言われて、開溝社長が習うという気持ちがあればという条件が付きますけどネ。どうでしょうネ、この考え方。会長さん！

そして開溝社長さん！」と、提案したのである。

その時も、ただ「うん、うん……」と静かに頷いている会長の姿。

哲二は哲二で（どうしたものか！　俺にこの老人の考えを聞いて勉強する気持ちが本当に持てるだろうか？）と、すぐに答えられずにいた。

又々、高橋女史が、

「それとネ、私《わたくし》、考えたのよ。『開溝社長さん』と今呼んでいる呼び方ネ。私、ちょっと長い気がするの。そう、呼び方にネ。社長さんは若いんだし、私《わたくし》共とは年の差もあるでしょう……だから。どう！　『ボン』と呼んでいいかしら？『ボン』、いい呼び方でしょう。決めたわ、今日から『ボン』と呼ばせてもらいますネ。会長さんも宜しいことですよネ」

会長はソファーに座ったまま、目は高橋女史の方を見て優しく微笑んで、

「あぁー、いいことだと思いますよ、何かしら親しみがありますからネ。ところで『ボン』はどうですか！」

高橋女史も、

「ボン、どうですか？　会長さんも、ああ言って居られますことよ！」

哲二はこの空気がすぐには理解できる訳がなかった。返事もできずにいると、会長が、

「ボン、私の経験・実践の考え方でよかったら、会社経営方法・事業を興し、実行する考えを御指導しましょうか！　どうです？」

哲二は、

「はい、会長が教えて下さるのであれば、私は一生懸命学びます」と、ついつい軽い気持ちで返事を返した。すると、「あっ、そうそう、ボンは会長という人を何も知らないのですよネ！」と、高橋女史が口を挿《はさ》む。

「ええ、全くと言っていい位、何も知りません」

「それじゃーネ、私、高橋が会長のことをボンに紹介しますね！　会長さん、宜しいですか、ちょっと出しゃばりですかネ。でも御自分の経歴を自分で言うより、私、側に付いて何十年というキャリアがありますから……。大丈夫ですよ、任せて下さいませ。ボン、よ

く聞いておきなさいませ！」

この時も、会長はソファーに座って「うん、うん」と頷いているだけだった。

高橋女史は少し得意そうな顔をして、両手を腰の前で組み合わせて喋り始めた。

「ボン！　会長さんはネ、そう田部会長は、田部五郎と申します。出身は千葉県です。御《お》年《とし》は六十三歳です。終戦を満洲で迎え、祖国・日本に引き上げてこられました。先の戦争でこの日本は全てを失ったのです。東京のその姿を見て、自分は今からこの日本という国の再生をやってみよう、その為に千葉を捨てて、大阪に拠点を設け、日本の復興に助力する為に必死で事業を行い、世の中に貢献しようという気持ちで今日まで事業をやられ、成し遂げた人です。六十歳の時に実務から退かれ、会長職に就かれました。そして今は東京に住所を移されて、今日に至ります。

ボン、聞きましたネ！　私《わたくし》の話を！　解りましたネ！」と。

哲二は高橋女史の話を黙って聞きながら、時として会長の顔を見つめ直した。

会長が、

「まぁ、そういうこと、高橋君が言った通りで、今はゆっくりさせてもろうています。ところで、ボン。私の経験したこと、知っていることで事業経営に関することを教えることは、何一つ構いませんよ、ボン、やってみますか！」

哲二はじっと考えて、この人からなら教えを受けてもいい、いや受けてみようと決めた。

「はい、頑張って勉強させてもらいます」

高橋女史が、

「あぁ、よかったわ、ボン。田部実践大学の幕開きですよ、頑張りなはれ！」と。

こうして、田部会長と哲二のマンツーマン実践大学がスタートをしたのである。哲二、二十七歳の時であった。ほぼ毎日、土曜・日曜・祝祭日を除けば、夕方の十七時から約一時間～一時間半の時間。

教科書のない学問は、師と弟子との二人の会話の学問であった。

哲二、二十七歳から三年間、実践大学の講義は続いた。


哲二は机の上の大学ノートを再度見直した。

大学ノートは十冊になっていた。表紙に「田部会長から学ぶ実践経営の礎」と墨で表題が書いてある。その大学ノートを手で触り、哲二は、

（今、再び力を借ります。必ずやり遂げますよ）

と、心の中で叫んだ。なぜか、大粒の涙が頬を伝わって流れ落ちた。静かに大学ノートを開いた。

会長の声が、天空より哲二の耳に入ってきたように思えた。

（ボン、私の実践経営は大学の理論学問ではありません。君に何度も言ったと思うけど事業家を目指す人間は何事に於いても、理念と信念を持ち続けなくてはなりません。絶対に途中で折れたり、嘆き出したり、愚痴を言ったり、他人の所為にしたり、諦めたりすることは、絶対、絶対に認めないのです）

大学ノートを捲ってみると、次のように書いてある。

・人様《ひとさま》から何事でも教わる時は必ず「礼」を持って接し、その人の言われることを書き留める自分専用のノートを持ちなさい。

・一日一日世の中は変わる。その変化する事柄を必ず毎日、日誌に書きなさい。

何故《なにゆえ》に日誌を書くか。それは、人というものはその日の出来事を正確に覚えていることは少ないから。

・事業家を目指す人は常に冷静でありなさい。

何故に。それは長期展望が見えるために。

・事業決定は一人ではするな、信じる相方を必ず一人は見つけ信用できる人物を選びなさい。

何故に。それは一人で決断すると必ず自己の判断に酔うから。調子にのるから。

・事業経営はスロープ上昇経営ではなく、階段上昇経営を目指しなさい。

何故に。それはスロープ上昇経営をすると、万が一の場合、転がり滑り落ちてスタート地点まで急落下するから。階段上昇経営の場合は、ワンステップの階段蹴上り高さはなるべく低く、踊り場は広く取るようにすれば、万が一の場合でも階下の踊り場で留まることができるから。

・事業経営で急激な上昇は避けなさい。

何故に。それは確実性の考え方で、ゆっくりと一段、一段ずつ階段を上る実経営が最後には強いから。

金融の項を見ると、

・取引銀行の選び方。自分の会社と銀行との関係を良好に築く方法。

・銀行が会社を見る。査定は売り上げ総金額で判断するのではなく最終利益を重点に置いて見られることが多い。

とある。更に、

・事業融資を受ける場合に、事業計画の詳細、綿密さ、見込等々だけでなく、その事業を実行する事業主の生き方・考え方・性格等が主体で判断され決定されることが多い。

何故に、それは事業家は常に真に謙虚で正しくある考えを持っていなければならないから。金融の融資最終判断はその事業のトップの人柄にあるといってもよいから。

哲二が今、一番知りたかった一つが、「手形」。その「手形」に関する項を見る。

・第一に「手形」は切るな・受け取るな。このことを絶対に守るべきなのである。

・手形というものは商行為を円滑に迅速にすすめるために流通しているのである。

(特注)

自己の銭がないという考えで手形を切るな。

・手形の発行というのは銀行に当座預金の口座があって、手形帳とペアーで発行していることが現実である。

・銀行発行のものは、統一手形用紙といってどこの銀行でも同じ形式のものを使っているのである。

・手形の裏に名前を書くとその順番に関係なく手形の所持人はだれにでも請求できる。

所持人というのは善意の第三者であるからその裏書きにどんな事情があろうとも全く無関係にカネを請求できるのである。

・手形には「約束手形」と表示してある。

これは、カネを支払う日を決める約束事であり、サイト（期間）がある。発行日から三十日、四十五日、六十日、九十日、百二十日、二百十日と大きく分かれるが、通常の場合は、四十五日か六十日、長くても九十日のサイトが一般である。

・統一手形用紙の裏側には、裏書人の欄のそれぞれに「拒絶証書不要」と印刷されている。

これは手形の裏書人が何人かいる場合、その順番に拘らず誰にでも請求できるという意味なのである。

「拒絶証書」というのは「その裏書人が支払いを拒絶したことを証明する書類」である。これは公証人役場で作ってもらわなければならない。だから「拒絶証書不要」ということは「前の裏書人が払ってくれなかった」ということをいちいち証明しなくても、どこの裏書人・振出人にも請求できるということなのである。つまり、裏書人が複数いる場合は、だれに請求しても構わないということなのである。
再度言うけれど、楽に思える手形の発行はするな！　そして手形は受け取るな！
それだけの時間と暇があれば、事業の発展に懸ける考え方が賢い人間のやり方なのである。よく覚えておきなさい。

会社の厚生に関する項を見る。
・社員の代価（給料）は世間の相場より必ず高く支払うことにしなさい。
何故に、それは社員を教育して一人前にして、辞めていかれないようにするため、せっかく育てた新しい人材力を失うことであるから。その多くの原因が給料が他社より安価であることにあるから。

そして大学ノートの最後の方に、
・事業家たる者は「力《ちから》」から「刀《かたな》」になりなさい。
何故に。それは「力」という文字から「力」の出っ張った部分を消すと「刀」という文字になるでしょう。要するに「力」を抜いて、自然体が「刀」である。「刀」は、力を入れすぎると鋭く切れない。

自然体に構えて堂々と見据えることも事業家の一つの誠意であるのです。


哲二は開いた大学ノートを静かに閉じた。

(俺は会長から教えてもらった実践経営を、全て実行していなかったのではあるまいか！大馬鹿者である。あぁ、何てことか！　この流れが来ることは、全て会長は読み取られていたのか！　何と浅はかな男か、この俺は……)

心の底から怒り心頭に発する如く哲二の体を炎の柱が突き上げてきた。

優しい目で教えて下さった会長の顔が哲二の脳裏から消えることはなかった。

時として強く思い浮かぶのは、実践大学の中で麻雀を打ったことである。

「大陸麻雀」と称して満洲での昔を思い、会長の友人である東京の事業家F氏・大阪の事業家K氏・主要取引銀行の頭取T氏等を招待して、夕方十七時から二十二時まで、月一回のペースで実行された。

メンバーはそうそうたる顔ぶれであった。会長は片手にブランデーグラスを持って顔を赤く染められて、にこやかに談笑された。その時々の世の中について話をされ、先哲者・

先賢人の生き方・考え方、又、古書の中から引用する言葉の意味等について、仲間と意見交換しながら教えて下さった。

又、現代人の「礼」「義」「仁」「徳」等々について、どうあるべきかを語りながら、哲二に多くの実学をも伝えられた。

哲二は今、全てを失った。多くの友、多くの協力会社の仲間、創り上げた信用、何もかも。ついに一人となった。その上、多額の借金だけが残ったのである。

(今は何をするべきかを静かに考えて、一《ひと》つひとつを消去していけばいいんだ、俺の背《せな》には田部会長の大陸魂《たいりくだましい》――戦前・戦後を生き抜いた事業家・田部五郎氏の生き方が張りついている――負けない！　絶対に諦めないぞ！)

(ボン！　そうやで！　そうや、大丈夫、やりなはれ！)という声が聞こえてくるのであった。

哲二はようやく我に返った。

(もう、涙は流さんぞ、今からはやれることをやるんだ！　いや、やれることをやるんではない、今から俺の道をつくる。そのために仕事をこなすだけだ。最後の仕上げの仕事も大切なのだ。オイ、哲二、しっかりやれよ！）と、一人しかいない事務所の中で、己自身に叱咤激励をした。

今回の不祥事で、この会社を生かすか殺すかの最大の役は、自分で振り出した手形の回収に掛かっている。哲二はどうしても手形の回収に最大の力を持つように思慮したのである。

机の引き出しから名刺台帳を取り出す。そこから一枚の名刺を抜き、机の上に置いた。

『共進会本部《きょうしんかいほんぶ》
　若頭補佐《わかがしらほさ》　都賀雄二《つがゆうじ》』

（雄《ゆう》さん、懐かしいなあ！）

哲二は都賀雄二と過ごした日々を思い出していた。

都賀雄二は哲二の高校時代からの悪餓鬼の仲間であり、親友でもあった。高校は哲二とは別の学校に通っていたが、卒業延期を繰り返して高校在籍六年という変わり者でもあった。喧嘩がめっぽう強く、地域の悪餓鬼グループの総番長を張っていた。その反面、悪餓鬼の仲間内でも筋を通す堅い男で、なかなかの根性の持ち主でもあった。又、人一倍面倒見が良く、仲間からは厚い信頼を受けていた。哲二もその中の一人であった。

都賀雄二とは年は違うけれど一番心が通う兄貴分であった。その都賀雄二は、哲二の高校卒業と同時期に学校を退学して、暴力団・共進会に入会したのである。根っからの「ヤクザ」（極道）である。

哲二は名刺の左端の電話番号を見つめた。

（雄さんに電話して知恵を借りるしかないか。それが一番早い方策なのかもしれない）

そう思いながら電話をかけた。

「もしもし……」

「おう、何じゃ、共進会本部じゃがのう――」と、電話が繋がったとたん、ドスのある声が響いた。

「もしもし、私、開溝哲二と申します。そちらに都賀雄二さんは居られますか？」

「おぅ、何じゃ、都賀雄二さん？　頭《かしら》のことかいのう、お前さんは誰だって！　何の用かいのう！」

「私は開溝哲二と申します。若頭補佐の都賀さんに電話で申し訳ありませんが、ちょっとお話がありますのでこの電話を取り次いではいただけませんか！　お願い申し上げます！」

「おい、何じゃって！　おぅ、開溝哲二さんだったけェ！　うちの若頭補佐の都賀さんにか！　ちょっと待っておれや、解ったかいのう……」

「はい、待っております」

時間は刻々と流れた。哲二は何とか雄さんがうまく電話口に出てほしいという気持ちで一杯であった。

哲二は（それにしても組織の事務所はああいう人間の集合体なのか）と、微笑んだ。

「もし、もし、都賀です、どちら様でしたかいのう？」

何十年振りに耳にする雄さんの声に嬉しくてたまらなくなった。まるで子供が親に久し振りに逢えるような心の動きであった。

「もしもし、雄さん、開溝です。お久し振りです！」

「おぉ！　こんなぁ、開《かい》ちゃんじゃ、開ちゃん。元気にしておるかいのぅ、何年振りかいのう、もう十年かのう、いやいや嬉しいけんのう」

「雄さんの元気そうな声を聞いて安心しました。もう十一年も経っていますよ、雄さんと最後に会ってからネ」

「そうかいのう、十一年ものう、そがあになるかいのう。お前さんも元気なようじゃけん、よかったのう、ワシらぁはのう、体が資本の極道《しごと》じゃけんのう。ところで、何かあるかいのう、電話をくれたちゅうなあのう?」

「えぇ! ちょっと相談したいことがあるんです。電話、大丈夫ですか。すこし長くなりますけど!」

「そうかい、じゃちょっと待っておれや、場所を変えるけぇのう、ここじゃ煩《うるさ》くてやれんけぇのう、待っておれや!……」

場所を変えた雄さんと再び電話が繋《つな》がった。

「開ちゃん、どがあしたんじゃのう、話をしてみいや、聞いてやるけんのう」

哲二は今までの自分がやってきた仕事、会社の話をできる限り解りやすく説明した。

昔から頭の回転が速い人とは思っていたが流石《さすが》に並の回転ではない、哲二の現状の立ち位置を短時間で把握して理解してくれた。

「開ちゃんのう、お前さんの振り出した手形の未決済分じゃが、全部でどの位あるけぇのう？」

「ええ、総額で五千万円位です、未決済分です」

「おぉ！　そりゃー、どえらい額じゃのう、それでのう、債権者会議のようなことは、もう終ったと言うとったが、どうなんよう」

「えぇ、一応終了しました。その中で手形は私が全額を引き受けるというか、サイトの日までに振り出した額面で買い取りますから、自分の手元に置いてくれるように各会社に話はしてあります……」

「そうかい、そいでのう！　ワシにどうせい言うのかいのう、ワシは、銭はないけんのう！」

「いえ、雄さんにお金の工面をお願いする気持ちはありませんから！」

「でもよのう、そんだけの手形未決済分、銀行の借入金じゃろうが。開ちゃんよぅ。ワシは今そがあな無理をせんでもええと思うが。サラリーマンが一生、いや三十年間位働いて、もらう生涯給料と同じ位の額じゃろうが、お前さんの借金はのう！　じゃけんのう、不渡りを出して、会社を倒産させ、自己破産の手続きをした方が早《はよ》う綺麗になるんで！　そいでのう、又やればええんじゃないかと思うが」

「雄さん、私は手形で不渡りを出し、会社を倒産させて、自分は自己破産するという道は毛頭考えていません。それは私の生き方の問題です。そこだけは理解して下さい！」

哲二は今回の件では自分に対してケジメを付けたいと考えていた。そのため「雄さん、私に知恵を借して下さい」とお願いするしかなかったのである。

哲二にとって、事業を興し、それを成功させるという夢は、二十六歳で独立した時に己自身に誓ったことである。でも社会の現実の中に自分の力を曝け出すと、そんなに甘いものではなかった。日々「銭」のない貧乏のどん底の毎日であった。会社を興して四年間は大手ゼネコン、大手コンサルタントの下請け、又は孫請けの仕事しか受注できず、仕事をこなしても、こなしても利益はほとんど出なかった。

（必ず、近いうちに役所から直受《じかう》けで受注して、元請の立場で仕事をしてやるぞ！）

資金繰りも常時赤字で、社員の給料、協力会社に支払う金も毎月四苦八苦の状態で、何とか手形を切って支払い日数を稼ぎ、銀行からの事業融資を受けながらの自転車操業であった。

一年程前、会社創立から五年目の年初、東京近郊のK市の環境コンサル事業に参画する目処が立ち、ようやく日の目を見た。哲二はこの一年間はそのプロジェクトを成功させ、自分の会社がその仕事を受注することのみを考えてやってきた事は真実であった。

但し、そのための根回しに、数千万円の借金をして、その根回しに充てなければ進まない現実があった。それでも哲二は腹を決めて一年前に参画を選んだのである。しかし「万が一」という不安はいつも残った。「万が一」失敗すればどうなるのかは、自分自身が一番わかっていた。それを承知の上でこの道を決めたのである。

哲二は独立すると同じころに、東京近郊——といっても千葉に位置する場所に、中古の小さい土地付きの家を住宅ローンを組んで購入していた。その家と、妻の涼子《りょうこ》、長男の琉一郎《りゅういちろう》、長女の麻美《まみ》の三人の家族を守っていく責務があった。そこで涼子には一年前に、自分が事業家としてやる以上は一つの腹を決める旨をよく説明して話し合い、涼子、琉一郎、麻美の三人の家族と住んでいる家を守る為に、協議離婚をして持ち家の名義を涼子に換えることを了承させていた。哲二自身も住所をアパートに移転し、「万が一」の事態の場合でも妻や子供達に負荷がかからないように実行したのである。

哲二が興した会社の役員名簿にも、涼子の名前は記載されていなかった。これら一連の処理は、涼子と哲二以外は誰一人として知る者はいなかった。

都賀雄二との電話のやり取りは継続していた。

雄さんが、

「おぅ、おぅ解った、解ったが。そいでのう、開ちゃんが開いた債権者会議のような場にのう、こっち（極道《ヤクザ》）の奴らが出とったかいのぅ、それらしき人物《やつら》がのう」

「えぇ、二人位、出席されていましたよ、スーツを着て。でも外見であちらの筋《すじ》の人とすぐ解りましたよ。雄さん、本当に早く動く方《かた》がたですネ、うちのような小さい企業の手形の件でネ！」

「そりゃのう、ワシらはプロの集団じゃけえ。全国津々浦々までのう、組織の目はあるんじゃ、開ちゃんの世界から見れば、ワシらの世界は仲違いをしていつも喧嘩ばかりしているように見えるじゃろうが、まあ、組織とはそういうもんよのう。会社が大きいとか、小さいとか言うよりのう、その手形が銭になるか、どうかということが一番大事なんじゃのう。開ちゃんが債権者会議のような場で、自分の振出手形の未決済分はその各々のサイトがくれば現金で額面通り引き取るという旨を話したと言うたろうが。その一言《ひとこと》でヤツら（極道《ヤクザ》）は腹を括って、『銭《ゼニ》』になる、仕事として成立すると読んだんと思うがのう！」

「でも、雄さん、私の会社の手形なんか、一流でも、二流でも、三流でもないんですよ、本当に零細弱小企業なんですよ、それなのにそんな手形で『銭』が生まれますかネ？」

「おお、それ、それなんじゃのう。開ちゃんの会社・協力会社・下請け会社はのう、いずれにしても大《たい》した会社じゃないだろのう。よくて社員数名の、下手すりゃ家内手工業のような、会社たぁ、名ばかりのもんじゃないんかいのう。そがぁ会社がのう、開ちゃんが振り出した手形をサイトまで待てると思うがのう、自分らの会社を二束三文の手形で経営できると思うかいのう。直ぐにでも現金に換金したいと思うが本音というもんじゃないかいのう！」

「ええ！　その通りと思いますよ。自分のメイン銀行に持ち込んでも相手にしてくれる手形ではありませんから、まして何十日も先のサイトの手形なぞ、私が仮にもらう側でも、非常に困りますよ！　えっ、ということは、あの人達は……？」

「おぅ、さすが開ちゃんよのう。ヤツらは、お前さんとこの債権者会議のようなもんが終了したら、何も言わず事務所を後にして帰っていっただろうが、開ちゃんよう。その直後によう、出席してた協力会社の連中は全て掴《つか》まるだろうのう、アイツらの旨い言葉で手持ちの手形を全部、そうじゃ、全部、換金する羽目になるじゃろうのう！」

「雄さん、五千万円分の手形ですよ！　それをですか、全部！」

「おぅ、全部じゃ、全部、じゃがのう、手形の額面通りに換金する馬鹿はおらんけぇのう。

開ちゃんとこぐらいの会社じゃったらのう！　精々、良くて、手形額面の一割位のもんじゃ！　全てで、現金にして五百万円もありゃ充分じゃのう！」

「雄さん！　それは、額面総額五千万円分の手形が、五百万、五百万円ですか……。それを、もしですよ、もし、私が買い戻しに入ったとすれば……。アチラの世界での常識ではいくらになるんですか？」

「開ちゃんのう、白は白、黒は黒の世界じゃけんのう。まぁ、一般的にでのう、手形額面の三倍位じゃのう！」

「えッ、やっぱりそれ位になるんですか！　三倍に。五千万が一億五千万円ですか！」

「おぉ、その通りよ！　開ちゃんの会社が不渡りを出そうが、倒産しようがのう、そんなことは関係ないんじゃ、要はのう、アイツらは、善意の第三者で在るということじゃのう、それがアイツらの手の内に開ちゃん振り出しの手形がありゃあのう、後々、開ちゃんから、一億五千万円をのう！　手形額面総額の三倍分、一億五千万円を、毟《むし》り取るという腹なんよう」

「雄さん、それなら私の振出手形は全て、既にあの人達の手元に買い集められたということですか！」

「おぅおぅ、ワシの勘じゃがのう！　まぁ九九％間違いはないと思うがのうー」

「それで、その買い集めた手形は、今どこにあるんですかネ――。雄さん、その組織はどこに存在するのですか、教えて下さいよ！」

「開ちゃんのう、お前さんそれを聞いてどうするんじゃのう。手形の持参人は善意の第三者じゃけんのう、解っておろうがのう！　それとのう、アイツらは開ちゃんの振出手形を銀行に持ち込むようなことは一〇〇％ないんじゃ！　前にも言うたろうが、アイツらは、振出人の開ちゃんから毟り取る、必ず毟り取るという腹を持っているからのう――。銀行なんかに持ち込んで不渡り出したんじゃ、商売にならんけぇのう。又のう、開ちゃんが自分から協力会社や下請け会社に渡した手形はサイトの日まで手元に置いてくれちゅうた旨を、債権者会議のような場で言うたろうが、そいでのう、額面通りで引き受けるとも言うたろうがのう。アイツらはその言葉をきっちりと耳で確認しとるけえのう。開ちゃん、もう神輿《みこし》を上げたんでーのう、極道の男《オトコ》が一度神輿を上げたらのう、絶対にその神輿を地《ち》に着けることはないんじゃのう、体の肉が腐って骨になっても神輿は地に着けることはないんじゃのう。それがワシらの生き様なんよ。開ちゃん、お前さんならそのあたりは百も承知じゃろうがのう！」

「雄さん……。それでも私は……私は、振り出した分の手形を全部買い戻します！」

哲二は電話口で「雄さん」と「私」との無言の時間が過ぎる闇を見た。それは、ほんの数分間か、否、数時間か。哲二自身も現実と夢の世界を見ているようであった。

雄さんが電話口でドスのある声で怒鳴った。

「おお、おお！　開ちゃんよう！

お前さん、正気の沙汰かい、手形を買い戻すというのはよう、どがぁするというんじゃ、もう会社は倒産したも同然やないか！」

「雄さん、私は会社の手形も不渡りにはしません、又倒産もしませんと最初から話をしていますよネ。ですから、あの人達の手の内に私の振り出した手形が納まっている旨を、雄さんから聞いたので、私は内心、ほっとしています」

「おお、開ちゃんよう、何がほっとしたんじゃ、お前さん、手形を買い戻すちゅうこと簡単にいうがのう、『銭《ぜに》』はあるんかい、買い戻す資金じゃ、おぉ！　あるんかいのう！

一億五千万円で！　おぅー」

「……雄さん、カネはつくります！」

「おぅ、おぅ！　開ちゃん、銭をつくると！　銭がつくれるんなら何で手形なんか切ったのかい。その銭を払やぁ、済んだろうがのう。協力会社、下請け会社に待ってもろうて現金で払やぁ、こがあなことにゃならんけんのう。何でなんじゃのう！」

「雄さん、その通りです。雄さんの言われていることには間違いはありません。でも聞いて下さい、今回の事の一切の始まりは、私の事業家としての『力』が足りなかった。世の中を甘く見ていたということ以外にはありません。全て私の経営手腕の無力だと気が付きました。でも私は諦めることはできないのです、事業家の夢を！」

　哲二は訴えた。

「この五年間で、多くの仲間が支持して協力してくれました。その恩もこの自分の体に充分理解させます。ですから、振り出した手形を買い戻すのは、私の使命です。協力会社や下請け会社が私の手形を受け取ったこと、又、その手形を換金したことを責めているのではありません。その根源を作った私自身に苛責をしているのです」

「開ちゃんよう、お前さん、今回の不祥事は、何かよっぽど理由《わけ》があるんだろうのう。その一点が、お前さん自分自身を許せんという己自身に掛かっておるんじゃろう。じゃけえの、その根源のところは、ワシは聞かんがや。そいで、銭をつくる方策は本当にあるかいのう！」

「本当にすみません。金をつくる策は、電話では言えませんがあります。私を信じて下さい。雄さんに電話をした今日から、四十五日以内に金をつくります。必ず四十五日以内に！ただ、一億五千万円はできませんが、私が振り出した手形額面総額五千万円に相当する金をつくります。それで買い戻しをさせて下さい！　ですが、四十五日以内に確実にできる現金は二千五百万円です。雄さん達の世界の常識、振出手形の三倍が買い戻し金額、それは私には到底無理です。ですから、そのところを何とかうまく進められないものかと、お電話をしているのです」

「開ちゃんよう、アイツらは、お前さんが考えているより、本当に根深いんで。お前さんが振り出した手形総額五千万円を二千五百万円の現金で買い戻す?……！　じゃがのう、残りの二千五百万円はどうするんかい、何か策があるんかい。アイツらも立つようにせんと、うまくいかんがや、そのへんを言うてみいや、ワシが聞いてやるけえのう」

「聞いて下さい。手形総額五千万円を、あの人達は、投資総額五百万円で押さえ、その上で額面の三倍で買戻しに応じるからその金を用意しろ、用意できなければ話し合いには応じられないというのが本音でありましょう。

でも考えてみて下さい。手形のサイトは最短で九十日間はあります。私から金を取るために時間を掛けてやったとすれば、それこそ無駄な力仕事ではありませんか。

私は自分の手形サイト九十日間をその半分、今日から四十五日間以内で二千五百万円の現金で買い戻しいたします。と言うことは、現金二千五百万円が手元に入り、投資金五百万円を差し引いても二千万円の儲けです。

あの人達が、足を使わなくても、力仕事をしなくても、私が持参いたします。そして残りの二千五百万円は二年以内に現金で一括買い戻します。

どうでしょう、それほど損な取り引きではないと思いますが、ただ、この私を信じてもらえるかどうかということが重要なのです。雄さん、あの人達に話が付けられるのは貴兄しかいないのです。何とかお願いいたしますよ」

「開ちゃんよう、お前さんの考えは、お前さんの生きている世界でのことじゃろうが。こっちの世界にはのう、こっちの考え方とやり方というもんがあるけぇの、でもよう、そこまでして、お前さんが守ろうとする物は、何ぼの物《もん》かいのう、聞かせてくれぇや！」

「それは私が今までの話の中で言っていると思いますが、今回の不祥事は、私の甘さです。それと私の考え方の身勝手さです。その上で一度不渡りを出し、倒産したとしても、商法的には会社を興すことも可能でしょう。数年間で銀行取引は可能になります。しかし、一度『ケチ』を付けた者、まして事業家として身を立てる者には多くの負の勲章が付いて廻り、なかなか出直しができないのが現実と思います。それと、私自身は男としても根性がない部類に入ると思っています。ですから、今後、自分の身勝手で手形の振り出しをしない為にも今回、自分一人で応対し、自分に負荷を掛け続けておきたいのです」

「開ちゃんよう、お前さんちゅう男は、何ちゅうもんかい、まぁ、昔から変わっちゃおらんが。でもよ、アイツらとの話が流れたらお前さんは、とことん追い詰められるで、お前さんだけじゃなく、奥さん、子供、実家の親、兄弟姉妹、そいで親戚の者までもよ、解っておろうのう！」

「雄さん、そのことについては理解しているつもりです。私は、一年前に既に考えていました。今回のプロジェクト参画に己《おのれ》自身を賭けてやることを決意して臨みました。

事業展開していく時『万が一』にも不祥事が起きた場合を考えて、今住んでいる家も、子供二人の親権も全て放棄して法的に処理しています。もちろん、妻とは一年以上前に協議離婚しています。又、雄さんが言われた、実家の親、兄弟姉妹、親戚の人達にも私、開溝哲二という人間に金銭の負債が生じた場合、一切関係しないという疎遠状を、私が二十歳の時に弁護士の元で作成しているのも事実です。

私から何かを毟《むし》り取ろうにも、私には何一つありません、私はこの東京の地で己が考えた事業をやり抜かなくてはならないのです。それが第一の目標ですから、誰一人として頼る人はいません！」

「開ちゃんよう、お前さんという男は！　何と酷な男じゃのう、そいでもよ、今、言うたことなぁ、事業の計画倒産のようなものじゃないかがのう。お前さん、そこまで考えたことかいのう！」

「雄さん、私は計画倒産を実行しているのではありません。私自身が興した事業を再建するため、ケジメをつけるため、裁判所が介入しない処理方法で進めたいだけです。解って下さい……」

電話は繋がったまま、「都賀雄二《つがゆうじ》」と「開溝哲二《かいこうてつじ》」との話し合う言葉は一瞬、否、数分間であろうか、跡絶《とだ》えた。長い無言に、糸は断ち切れたのかと思われた、その時である。

「開ちゃんよう、よう、解ったが、解った！　ワシはのぅ、お前さんは執念《しふね》しじゃ。ワシが仲介に入ろう、やってやるけぇのぅ、今からワシのことをで、よう聞いておけや！

開ちゃんの振出手形はなぁ、ワシらと同業の組織が持っていると思うが、そいつはなぁ、名古屋の『金城組《きんじょうぐみ》』じゃ、その頭《かしら》が金城常吉《きんじょうつねきち》さんじゃ。数年前にワシはあることで、金城さんと知りおうて、二人で何と言うかのう、気が合うて、兄弟《きょうだい》の盃《さかずき》を交した仲じゃけん、その名古屋の兄弟の表の顔、看板は、『株式会社ジャパン名古屋金融』という金貸しじゃ、裏の顔はワシと同業者なのよ。そいでものう、兄弟はなかなかの男で、義《ぎ》も情《なさけ》も持っている人よ。開ちゃんよう、もう一回確かめるがよ、今日から四十五日以内で現金二千五百万円をお前さんが手形買戻しの半金として自分で兄弟のところへ持参することなんじゃのう。そいで残りの二千五百万円は二年以内に現金でお前さんが持参して買い戻すちゅうことでええんかいのぅ！」

「はい、それで結構です」

「そんじゃ、電話番号を教えるで書き留めておけや。○○○‐○○○‐○○○○じゃ、解ったかい、これは金城兄弟の直通電話じゃ、会いに行く二、三日位前に電話を入れて会う日を確認せいや。ええかいのう。ワシが今回の件、全て段取りをつけておいてやるからのう、心配は何もいらんが！」

「はい、よく解りました。雄さん、今回は電話で無理難題を相談してお願いし、本当に申し分けありません。私は、今、雄さんに何も御礼ができませんが、どうしたらいいですか？

言って下さい」

「開ちゃんよう、お前さんが二十歳のころ結婚して東京へ出たろうが、そいで夜間大学も卒業して、事業を立ち上げたろうが。ワシはタツから聞いて薄々のところは知っとんたよ。タツが大阪から仕事を辞めて、こっちへ帰り、居酒屋を始めたんがや、ちょうどワシが頭《カシラ》に成ったころじゃ、そいでのう、ワシもタツの店を使うてやったんじゃ！」

「そうでしたか？　達《たっ》ちゃんが店を！　それは嬉しいことですよネ」

タツとは、十代のころの悪餓鬼《わるがき》仲間である野中達夫のことで、哲二は『達ちゃん』と呼んでいた。

（あの達《たっ》ちゃんが……店を……）

「おぉ、そいでのう、タツが、お前さんのことをいろいろ教えてくれてよう、ワシは本当にようやるのうと思うとったよ。開ちゃんよう、ワシへの礼は要らんけえー。今回のことは、ワシからお前さんへの結婚と事業を興した分への祝儀じゃ。お前さん、ええ女房を持ったのう、ワシは本当に嬉しいで、開ちゃん、遅うなったが、おめでとう、のう。そいで、タツが、ワシに名刺を一枚下さいと言うもんで、何に使うが、と言うと『哲二さんに送ってあげるんです、雄二さんが『頭』になられた報告をするんです』ちゅうてのう。お前さんの手元にある名刺は『タツ』の心遣いで、有り難いものじゃろう」

哲二は電話口で、雄さんの言っていることを黙って聞きながら心の中で、（有り難う。有り難うございます）と言っていた。哲二の頬をひと雫の涙が流れた。

「開ちゃんよう。ワシは、はぁ、何も言わんが、でもよう一つだけ約束をしてくれよ、のう。ワシら側の人間とは決して深い付き合いをすんなよ！　借《しゃく》をつくると借に泣くけえ！ええかいのう、それだけは守ってやれよ！　元気にやってよう、いつか美味い飯でも食おうぜ！　そんじゃ、電話を切るけえのう」

「雄さん、本当に有り難うございます。決めたことは全て必ず実行します、必ず！　どうか体を充分に厭《いと》うて生きて下さい、再会を楽しみに待っていて下さい」

哲二は受話器を戻し、「ふぅー」とため息をついて椅子に凭《もた》れた。

都賀雄二との長い電話のやり取りが終った。

事務所の中は、がらんとして哲二一人であった。哲二は椅子に座ったまま腕を組み、目を閉じた。心の奥の深い闇の世界に引き込まれるような心情であった。だが、哲二の頭の中は冴え渡っていた。

やがて哲二は閉じた目を見開き、正面を鋭く見つめた。ずうっと頭の中で策を巡らしていた。

（手形回収の件は、雄さんにお願いして仲介してもらうことが決まった。次はいよいよ金策だ。金をつくることに全力を懸けてやらなくてはならない……）

＊＊＊＊

哲二は事務所の壁に取り付けられている時計に目をやった。十九時三十分。書類棚の中から「関係先企業リスト」のファイルを抜き出し、「株式会社・阪神技術総合コンサルタント」のページを開いた。そして一枚の名刺に見入った。

『株式会社
阪神《はんしん》技術《ぎじゅつ》総合《そうごう》コンサルタント
東京支店　支店長
専務《せんむ》取締役《とりしまりやく》　大野木《おおのぎ》　好夫《よしお》』

哲二は（電話を掛けて例の件を早く進めなくては！）と心の中で呟いた。

（まだ、大野木専務は事務所におられるだろう！）

電話の受話器を取り、番号を押した。繋がった。

「もしもし、開溝コンサルの開溝です」

「もしもし、あッ、開溝社長！　どうも、どうも、お世話になっています！」

「大野木専務、どうも！　まだお仕事中ですか、今、御時間は大丈夫ですか？」

「はい、はい、大丈夫ですよ、開溝社長、私もお電話を入れようと思っていたのですよ！」

「いえいえ。専務、早速《さっそく》なんですが、例の件はどうですか、私はその件で大阪本社へ伺おうと思っていましてネ、本社での話は進んでいるのでしょうか？」

「開溝社長、私も大阪の本社に近いうちに参ります。例の件で開溝社長から具体案を出してもらっていますから！　それで、先月の出張の際、大阪の本社にも寄りまして、役員の一同と話し合いをしてきましたので、その結論を聞きに本社へ行こうと思っていましたよ」

「あぁ……そうでしたか！　それで、その結果はどうなんでしょう、私の案通りに進んだのですか？」

「……ええ――。ところで開溝社長はいつ頃、大阪へ？　社長がお見えになるんであれば、私は、その前に大阪に行って待っていますから。お見えになる予定日は？」

「そうですね、今月は、ちょっと無理ですが来月、十二月の第一週目に伺いますよ！　専務、大丈夫ですよね！　私が作った具体案で実行してもらえますよね。そこを明確にして下さいよ、専務！」

「はい、よく理解しております、私は！　でも他の役員全員が全てを了解するとは言ってませんが、大丈夫です。私が大阪へ帰って、開溝社長がお見えになる旨を伝えて、その日までには決定しておきますよ」

「専務！　頼みますよ。で、大阪では、私と役員一同との話し合いということなんですね！」

「ええ、開溝社長、私はその方が良いと判断します！」

「解りました、大阪へは私一人で行きますので、宜しくお願い申し上げます」

「それでは十二月の第一週目ですね。お待ちしています。くれぐれも宜しくお願いします。では失礼しますネ」

　哲二と大野木専務との電話は終った。

つまずきの始まり

哲二は一年前のことを思い出していた。

大野木専務と電話の会話で話をした例の件……今回の不祥事はあの時から始まっていたのであろうか。

哲二が二十六歳で興した「開溝コンサルティング」は、思うように仕事の受注は進まないでいた。大手ゼネコン、大手コンサルの下請け仕事が主流でほとんど利益が出ず、経営は最悪の状態であった。

哲二三十歳、創業から四年目の年初であった。一本の電話が哲二の事務所に掛かってきた。

「はい、開溝コンサルティングです」

「もしもし、開溝さん、古川《ふるかわ》です。古川善彦《ふるかわよしひこ》です、覚えておられますか？」

「もしもし、古川君⁉　あッ、大学の時の！」

「そう、古川です。お久し振りです。開溝さん、お元気でしたか！　会社を興されたんですね、凄いですネ。どうですか、会社の方は！」

「やぁやぁ！　珍しいネ、君から電話が来るなんて。君こそ元気ですか！　私は空元気《からげんき》、貧乏暇なしってとこですよ」

「はい、私は元気にしています。ところで、開溝さん、いろいろと話があるんで、一度、会うことはできませんか、近いうちに。どうですか！」

「あぁ、いいですよ、でも本当に久し振りだネ、君の方で日時・場所を決めてよ、私は行きますから―」

それから三、四日経って哲二は古川と会った。十八時の約束で、東京の新橋駅の近くの居酒屋である――。

「開溝さん、すみませんネ、急なことで。私は今、こういう仕事をやっています」と、座った席で一枚の名刺を私に差し出した。哲二も自分の名刺を古川に渡した。哲二は古川の名刺を見て吃驚《びっくり》した。

『K市市議会議員
川原洋一郎《かわはらよういちろう》　事務所

秘書　古川善彦《ふるかわよしひこ》』

「えッ、古川君、今、議員の秘書をやっているの！　大学で土木工学を学んだ君が、政治の仕事をしているの？　どうして！　いや、凄《すご》いネ？」

「いや、大したことではないですよ、K市の市議会議員の『川原』は、私の実家と親戚関係で、前の建設会社を辞めていた時、丁度《ちょうど》声が掛かって、それで秘書の仕事をやることになったままでですよ。何も大したことじゃありませんよ！」

「いや、でも私にとっては凄いとしか言いようがないよ！」

「それで、開溝さん、今、会社の方はどうですか？　電話では最悪なようなことを言って居られましたが？」

「あぁ、会社は興したけど、仕事がねぇー、下請けばっかりなんだ！　ほんとはネ、役所から元請けの仕事を受注したいんだが、なかなか『コネ』もないし、『チャンス』もないんだよネー。まぁ、しょうがないと言ったらそうだけどネ、でも何とか頑張っているよ！」

「そうですか！　いや、今日、開溝さんと会って相談したいことは、実は役所の仕事の話なんですよ。

うちの川原が、今、考策中の案件なんですよ。そのことを今日、お話ししたいと思って、来たんです！」

「えッ！　役所の仕事！　あのK市の！」

K市は東京近郊の小さい市であった。人口も現在、五万人弱の市、でも都心に近いという利便性が買われて、近年、人口は増加する一方で、市全体の開発も猛烈なスピードで進み住宅地も増えていた。

都心での仕事をする者には便利で、将来、人口十万人以上の郊外都市に充分なりうると期待される市でもあった。

哲二は、居酒屋で大学時代の仲間と再会できた嬉しさと、現状のうっ憤を晴らすように酒がこれほど旨いものかと思えるぐらい良い調子で進んだ。

古川が、

「ねぇ、開溝さん、私の話を聞いてくれますか、それと、私が今から話すことは絶対に、他《ほか》の人には喋らないと約束をしてくれますか！」

「あぁ、いいよ、古川君、大丈夫だよ、私は少々のことではビビらないからネ、話をしてくれよ、同期の仲だろう」

「開溝さん、うちの川原は、大学は東成《とうせい》大学の法学部の出身です。年《とし》は今年で四十一歳です。今、バリバリの市議会議員です。丁度、私達より十歳位、年上ですけど」

「ヘェー、なかなかのインテリじゃないの、その川原先生は！　そのインテリの先生が何を考えておられるのでしょうネ！」

「開溝さん、そう茶化さないで下さい。うちの川原は、Ｋ市議会議員の中でも結構な顔なんです。今、二期目ですけど、当選回数より支持する票の多さです。それほど人望があるという証なんです。それで、この前川原に、久し振りに二人きりでの夕食を誘われて、その時の話なんです。

川原が、私に『古川君、君の知っている会社でコンサルタント会社はないかい、今度、大きいプロジェクトを市で組んで進めようという案がほぼ出来上がってネ、市議会でも多くの賛同があってね、進めよう』ということで、川原が、その中心的役割を担うということになったと言うのです。それで、具体的には？　と私が聞きますと『この話は他の人にバレたら終りだから他人には喋るなよ』という条件で話をしてくれたのです。まぁ、議員と秘書の関係ですからネ……。

その時、私は、開溝さんが会社を立ち上げてコンサルタント会社を経営していることを大学時代の仲間から聞いていたので、先日電話して今夜、会ってもらっているという流れなんです」

「古川君、私は君が議員秘書になったことだけでも吃驚しているのに！　君がK市の仕事に関わり、私の会社を市に推薦してくれるということなの？」

「いやいや、開溝さん、私にそんな力はありませんよ。川原が言うには、『古川君の知っている会社のトップに直接会うことができるのかい、会わないと話は進められないから』と、又、『その会社のトップと君とは、友というか、信じ合う仲間かい、その交際の深さは充分という繋《つなが》りでないと話にならないいんだよな！』とまで言うのです。私は川原に、大丈夫です、私が『そういう会社、又は人物を捜して、先生のところへ挨拶に来させます』と言ったんですよ。そしたら、『それじゃ、早々に話をつけて会わせてくれよ！　近日中だぞ！　古川君、これは私の政治生命を賭けてやる仕事だから！　念を押すけど、他言無用、頼んだよ』と言われたんですよ。それで、開溝さんとこうして会って、話をすることになったんですよ」

　哲二は夜間大学の時から古川は知っているが、古川の人間性そのもの、又、経歴の詳細までは知っていなかった。だが心の中で、（私は君をよく知らない。でも私の会社の現状を考えれば、この仕事は是非とも取りたい、そしてやりたい）と呟いた。

「あぁ！　古川君、有り難い話ですよ。よくまあ、私の会社のことを、いや、私のことを覚えて思い出してくれましたね！」

「えッ、じゃ、いいんですか。うちの川原に会ってくれるということで！」

「ええ、いいですよ。私の会社、私の体で役に立つのであれば構いませんよ。それと他人に喋ることは絶対にしませんから、ご安心下さい、古川君」

「いやぁ、良かった、良かった。流石《さすが》、開溝さんだ。嬉しいですよ。夜間大学で、私らの同期で首席で卒業された人だ、開溝哲二さん、助かります。有り難うございます。じゃ、今後のことは私の方で進めて、お電話をしますから、任せて下さいますね！　今夜は久し振りに会ったんですし、とにかく、飲みましょう、乾杯！　とことんネ！」

「あぁ、いいですよ、飲みましょう」


その夜、哲二は会社の苦況や、仕事のことは全て忘れて、学友・古川と夜遅くまで飲み明かしたのであった。

それから数日が過ぎた。とある日に電話が掛かってきた。古川からの電話であった。内容は川原議員が哲二に明後日の昼すぎに会いたいという旨であった。会う場所は川原議員の事務所で待っているという連絡であった。哲二は「必ず伺う」旨を伝えた。事務所はK市内にあり、都心から電車で約一時間位で行ける距離だった。

当日の十四時前、哲二は一人、川原議員事務所の入ったビルの前にいた。

五階建てのビルの三階が川原洋一郎の事務所になっていた。哲二は、ビルを見上げながら（K市はそんなに大きい市でもないが、市議会議員の事務所というのは立派なものだなぁ、こんな事務所を開所しているのか）と思った。

ビルの一階から五階建てのビルを見上げた。

哲二は三階の『川原洋一郎事務所』と書かれた、曇り硝子のドアーをノックして、「済みません、お邪魔します」と言って入った。

事務所の中は、奇麗に整理整頓されていた。受付のカウンターの中側には、机が四つあり、小さめのソファーが一セット置いてある。その奥の部屋から古川が飛んできて、笑顔で、

「いらっしゃい、開溝さん！　どうも、どうも、ご苦労様です。すぐ解った？　この事務

所、大丈夫でしたか！」

と、待ち望んでいたという風に声をあげた。

「やぁ、こんにちは！　古川君、時間は間《ま》に合ったかな！　それと、この前は遅くまで付き合わせて、ご免ネ！」

古川は、「うん、うん」と頷きながら、「開溝さん、じゃ、紹介するから来てね！」と、奥の部屋へ哲二を案内してくれた。そこが川原議員の執務室らしい。

「先生、開溝社長がお見えになりましたよ。入ります」

哲二も古川に続く形で、「失礼します」と軽く頭を下げて部屋に入った。部屋の資料棚には、ぎっしりと書類・書籍が並んでいた。机は木製で大きく、その前側に立派な応接セットが設置されていた。その机に座っている人物が、K市市議会議員川原洋一郎か！

川原議員が顔を上げて、

「やぁ、川原です、どうぞ、開溝社長！　さぁ、どうぞ座って、座って下さい！」と促した。

哲二はソファーに腰を下ろす前に、自分の名刺を取り出して川原議員に名刺を渡し、川原議員からも名刺をもらった。そして名刺と川原議員の顔をじっと見つめた。

事務所を訪ねる前に、哲二は（市議会議員の川原の面構《つらかまえ》をよく観《み》て覚えておくことも必要なのだ）と、決めていた。

――先《ま》ずは服装、背広の上下は一般の店で売りの吊しの背広、ワイシャツも仕立てではなく店頭売りの普通のもの、ネクタイも派手な色柄ではなく普通のもの、体の体型は中肉中背であるが、顔は丸くて浅黒く、目は細く、金縁の眼鏡、やたらに顔中を笑顔につくってみせる一人の政治家――。

川原市議と古川秘書、そして哲二の三人が、川原事務所の中で向かい合って座った。

川原は喋り始めた。

哲二自身も今までの人生の中で何人かの政治家と会ってはいた。

（――この人も政治家の一人なのだ。たとえその身分が国・県・市・町・村を問わず、政治家として生きている属種は、概《がい》して同《おな》じ体《たい》を表《あらわ》すものだろう――）

「開溝社長、このK市は御存じのように、現在人口は五万人弱の市ですよ。ですがね、隣接するI《アイ》市・F《エフ》市・M《エム》市等も、市の人口は、それぞれが東京近郊という立地条件もあって年々増加の一途です。うちの市も昨年、役所本体を移転して新築したばかりです。けれど、市役所の周辺、私鉄の沿線・駅は、まだまだ開発途中なんですよ。

市役所周辺ばかりでなく、市全体を考えて整備しなくてはならない。市行政関連施設の移転・新築、市内道路の整備、ライフラインの拡充、等の生活に密着した案件の促進をしなくてはならないんです」

川原は、ここでいったん言葉を切った。そして、おもむろに、「なぁ、開溝君」と呼びかけた。

（開溝社長から開溝君に変わったか！　やはり政治家だなぁ、この人は！……）

そうした哲二の心の内を知ってから知らずか、川原は話し続ける。

「そういう市全体の将来構想を考えてコンサルティングをやってほしいと思うネ。そのコンサルタント会社の中心に、君、開溝君の会社が、だ、立ち位置を持てばどうかな！　役所の仕事はネ、今日、明日といった短期間のものではないよ、だから、君の会社が、このK市を作り変える大きい力となれば、将来、大変重要なポジションを得るということに繋《つな》がるだろうね。まぁ、これは本当の意味で大きいことだろうネ。

私をはじめ、秘書の古川君、そして現市の幹部クラスの人間が手を組んで仲間になるということは、君の会社に於いても実に大きいプラスではないかね！」

川原議員の大演説は一頻《ひとしき》り続いた。その横で古川は一《ひと》つひとつに大きく頷《うなず》き、納得しているようであった。

古川が、「先生、もうそれぐらいで本件に入られたらどうでしょうか！」と、言葉を挿んだ。

「あぁ、そうだ、その通りだね、ははは……。で、開溝君、古川君から聞いていると思うが、今回の市の環境アセスメントの案件のこと！　これは都市整備開発部長から、私に相談があってネ、前々から話は出ていたんだよ。それで国と県の補助金を付けてもらって、市としてもその案件をいよいよやろうということになってネ。まぁ、いろいろとこの私が働いて、何とか、補助金を付けてもらったんだね！　それで、市としたら、全体の市改革構想も同じように進めてみたらどうかと。

私は、それにはコンサルティングしてくれる会社が必要じゃないかと、私も市長もこの案件についてはプロではないからネ。しかし、一応の予想は付くけどね。まぁ、その舵取りをだ、不肖、この川原が、任せられたということですよ。

そこで古川君にも相談して、知恵を貸してもらっていた時に、開溝君と古川君が大学の同期と聞いて、今こうして胸襟《きょうきん》を開いて、君に話をしている訳ですよ」

「そうでしたか。本当に有り難いお話と思っています」

哲二はそう返事をして川原の顔を見つめた。

古川が、

「開溝さん、良かったですか？　うちの先生とお会いして！　凄い先生なんだから！　ねぇ、先生！」

「おい、古川君、ちょっと、これからの話は河岸《かし》を替えてからにしようよ。I市の小料理屋、田々《でんでん》の二階の部屋を電話して押さえてくれよ。早くしなさいよ！　開溝君、この後付き合ってくれるよネ、話はこれからが重要なのだから！」

哲二は「はい、解りました」と頷くだけであった。

「先生、田々はもう予約してありますよ、三名で行くと！　大丈夫です、他の客は今日は取らないと女将が言っていましたから。さぁ、開溝さん、用意して。私が車を出しますから」

古川の運転で川原と哲二を乗せた車が、田々に着いたのは夕方の十七時前であった。着くまでの車中、川原はいろいろなことを喋った。自分が政治家を目指した気持ち、趣味の話、特に競馬観戦が大好きであることを！

（競馬観戦？　単に競馬の馬券を買う、賭けごとが好きというだけじゃないの？）

哲二はそう思ったが、口には出さずにおいた。

田々の二階、日本間の六畳の座敷で川原、古川、哲二の三人が向き合って座った。中央の四角の卓上にはすでに、刺身の盛り合せ、瓶ビール、日本酒、そしてコーラの瓶が用意されていた。

川原が、瓶ビールを持って、

「さぁ、開溝君、先ず一杯どうぞ！」

とビールを哲二のグラスに注いだ。

「有り難うございます」と受けると、「先生も、一杯、さぁ」と哲二はビールを持って注ごうとした、その時、

「やぁ！　ごめんネ、私は、酒を飲めないんだ、全く体質的に駄目なんだよ。開溝君、私はこのコーラで充分なんだよ、本当に酒が飲めるような体と顔つきと皆から言われるけど、全く酒は飲めないいんだ！」

古川が、

「そうなんですよ、開溝さん、うちの先生は、下戸《げこ》なんですよ、御免なさい、代わりに僕

が付き合いますから――」と、グラスを差し出した川原が、コーラの入ったグラスを持って、

「さぁ、先ずは我々の明日に向かって乾杯！」

と音頭を取って三人でグラスを合わせた、哲二は卓上の刺身をつまみにビールを飲んだ。

川原が、

「開溝君、どうだろうネ、私に力を貸してくれないか！」と、コーラを飲みながら聞いてきた。

「川原先生、私の会社は本当に小さい零細企業です。この大プロジェクトに参加する資格があるでしょうか？」と、川原の顔と古川の顔を見ながら質問をしてみた。

「開溝君、古川君から君の会社を紹介された時点で、君の会社の所在地、会社の規模、社員数、等々は調査させてもらいましたよ。君に許可を得ずにネ。古川に頼んで、その報告書は今、こうして私の手元にあるんだよ」と言って、ファイルを取り出し見せてくれた。

古川が、

「開溝さん、申し訳ない、黙って調べたりして、でも、開溝さんが人間として正直な人ということがよく解ったんです。そうでしょう、自分から自分の会社のことを素直に喋《バラス》る人

はそういませんよ。大体、自分の会社はこれぐらいの規模と力があると、大抵の人は「はったり」をきかせるものですよ。やはり、開溝さんは、本当の意味で底力を持っている人なんだ、良かった！　先生、開溝さんの会社を使うことは可能でしょう、是非とも私からもお願いしますよ」と。

古川が、哲二の会社を川原に推薦している姿を目の前で見て哲二は思った。

（まぁ、どっちにしろ、事実は事実なんだから、これで堂々と己《おのれ》の考えや意見を述べられるぞ！）

川原が、

「あぁ、私は開溝君の会社を使うつもりですよ！　でも、環境アセスメントの案件は、予算が大きい案件でネ。もちろん、その発注は市の正規の方法で、指名競争入札でやると思いますよ。それでネ、古川君に調査してもらった、開溝君の会社の資料から私なりにいろいろと聞いてみたんだ。

市の契約課長の話によれば、受注会社の規模も、市発注の物件で重要なポイントなんだと言っていた。そこで、現状の開溝君の会社そのままで市に登録すると、今回の件だけでなく今後のことも含めてだよ、登録されている他社と比べてみると一目瞭然。同位置にあることが不思議と思われるぐらい違いがはっきりするんだな。その要因を考えてみたら資本金、事務所の大きさ、そして従業員の人数等々が、すぐ比較される。もちろん、今までの会社の実績も含んでネ。

だからね、先ず、開溝君の会社の資本金をだね、今の百万円から五百万円ぐらいに増やして、それと事務所も、もう少し広い事務所に移転してもらって、社員の数も最低十人ぐらいの規模に拡大してもらわないと、私としても強く推薦することは不可能でしょう。どうだろうねェ、開溝君、そのあたりの君の腹は」

哲二は一番辛いところを突かれたと思った。

（その通り！　今の会社の現状は、貧乏会社で一日一日を食っていくのが精一杯、一円たりとも余裕の金はないんだ。だが、資本金を五百万円に増資しろ、事務所を拡大しろ、社員数を増やせ！　その原資の金はどうすればいいんだ！）と心の中で吠えた。数分間、三人の空間に沈黙が流れた。

哲二は卓上の日本酒を自分でグラスに注いで、グイッと一気に飲みほした。そして哲二は口を切った。

「川原先生、やってみましょう。先生の言われるように、今の私の会社では、登記上、会社としてありますが、実状は虚の会社と言われても仕方ありません。今回の話で、私も考え方を整理して、進むべき方向をしっかりと見据えてやろうと思います。どうか、御指導をお願いいたします」

川原が、

「開溝君、よく言った、それでこそ、事業家というもんだね。なぁ、古川君、これで一つが前に進むだろうネ」

と同意を求めると、

「えぇ、先生！　でも開溝さん、大丈夫ですか？」と、古川が哲二の顔を心配そうに見つめた。

「あぁ、古川君、大丈夫ですよ！」

川原は、話を元に戻した。

「それでネ、開溝君。この環境アセスメントの件だが、今の市長の長岡昭治《ながおかしょうじ》と私は会派が同じで、年も近いということで、いろいろと個人的に話をする盟友なんですよ。この案件は実は、私と市長にとって大変重要なものの一つで、だから、水面下で進めているのですよ。そのことを知っているのは、私、現市長、秘書の古川君、そして君の四人だけなのです。

この案件は、予算が第一期目で一億円、そして第二期目～第五期目まで通算して五年間はネ、各年度毎に一億円の予算が付き、総額五億のプロジェクトなんです！

もちろん、市側も今回の発注を第一回目として、毎年発注を実施します。その点も了承済なのです……。……まぁ、何と言ったらよいか！　市長も私も一応政治家ですからねェー。定期的に実施される選抜試験、そう、選挙ですよ。これには毎回、当然のことなんですが、多額な銭《ぜに》が掛かるんですよ。日常でもいろいろと資金が動くのですよ。本当に日々、苦心惨憺《くしんさんたん》ですよ。なぁ、古川君！」

哲二は黙って聞いていたが、心の中で、

（とうとう本音が出たか、さぁ、川原先生、どう仕込みをされるんですか！　政治家が聞いて呆れる！　あんたらぁ、単なる政治家《や》だ！　何が『苦心惨憺』だ！『銭』と『名誉』と『権力』を貪る畜生道《ちくしょうどう》か！　さぁ、前に！　さぁ、さぁ！）

と叫んだ。

古川が、

「はい、そうですよね。市長をはじめ、市議会議員の先生方も全て、市民の為に一生懸命働いて、住んでいる市をどのように住みやすい、働きやすい安全な市につくるかという点を第一に考えて、日夜実務に励んでおられますことか。私も、役に立てるように一生懸命尽くしますから！」

川原が、

「古川君、君もよく働いてくれるよ。感謝していますよ。今回も早急に開溝社長を私に紹介してくれたんですから、なかなかのものだよ、君は！　それでネ、開溝君、この案件の発注時期は、予定通りにいけば来年の九月末～十月初めの頃ですネ。その日時は、まだ先のことなので決定はしていませんけどネ。まぁ、あと一年はかかりませんよ。どうですかネ、開溝君、君の考え方というか、策を含めて聞きたいですね」と言う。

哲二はあえて畏《かしこ》まった表情をつくり、川原と古川の顔を今までと違った目で見据えた。そして、口を開いた。

「川原先生、私は、先生がこの案件を古川君に喋って私の所に届くように流れをつくられました。古川君は、私と会った時も他言無用を繰り返し、又、先生は『政治生命を懸けて』、河岸《かし》をかえてまでも用心深く行動を取られていることに、この案件の深さを気付かされました。ですから、先ほど、私は『やります』と申し上げたのでございます。先生、もう少

か

「ええ！　遠慮しないで続けて下さい。私は、開溝君の考えを聞きたいと申したのですから、どうぞ聞かせて下さいネ」と、川原は促した。

「では、続けさせてもらいます。これは業者側から見た考えですが、市の仕事を受注するということは、それなりの時間と会社の巧みな営業努力が実ったと誰が見ても納得するよう工作しなければなりません。先生が、先述された中で、市に業者登録する為に、私の会社の規模の話をされました。全くその通りと思います。発注金額の大きい案件の場合、それなりの会社の体《てい》を為《な》していなければ、又、格が違っていれば、多くの営業マンの不信感が募《つの》ります。まずは、その不信感を募らせない配慮の為に、私の会社規模の拡大を先に進めるべきと考えられたのでございましょう！」

川原が、

「おぉ！　開溝君、その通りですよ。君、なかなか読みの筋が鋭いネ。古川君が言っていたように、若いのに賢い部類の男だね！　じゃ、その後をどう読むのか教えてほしいですネ、どうぞ話を続けて！」

（俺は、伊達《だて》にこの三十年間を生きてきたのではない、勝負に勝つとは、与えられし事物を読み取り、策を練ることだ。練らなければ負けだ。負けるとは、それで終りということなのだ）と心の底から呟いた。

「川原先生、先生はお話の中で、この案件は市の指名競争入札方式で行う旨を話されました。ですが、私はこの案件は、K市の発注案件、コンサル項種では一案件としての予算が非常に多いと思います。今までのK市の発注金額では類を見ない額の案件でしょう。ならば、通常の指名競争入札でなく、プロポーザル方式を取られるのが常道と思いますが、そこをあえて、指名競争入札にされるのは、何か目的があるのではと市に登録している多くの業者が疑問を持つとはお考えになりませんか！」

　川原の顔が硬張ってきたように見えた。

「開溝君、私や市長が今までどれ程、労を費やしてきたか、君なら解るでしょう。それで入札方法は、指名競争入札が一番と、私と長岡市長の意図に沿っていると思っていたんだが……。要《よう》は、どのような方法であれ、私達の意図に沿ってくれる業者を選択しなければ、何の役にも立たないんだよネ。せっかく苦労して仕事をつくり、仕込んでもだよ、全く意に反する業者が落札して、その仕事を持っていくのではネ、私や市長が苦労した事象が一つして実にならないのだよ。君が言っているようなやり方がベストなのかネ。その『プロポーザル方式』だったかなぁ？　おい、ちょっと、古川君！　君は知っているのかい、説明してほしいネ」

　古川も困惑した顔つきで、

「……これはですネ、プロポーザル方式とは、たぶん『企画』か、何かをつくる方式ですよ……。すみません先生、私も詳しくは解りません。開溝さん、頼みますよ」

　哲二は二人の困惑した顔つきを見つめて、

「大丈夫ですよ、古川君！　まかせなさい。川原先生、先生の考えられていること、又、望まれていることもよく承知しました。じゃ、先にプロポーザル方式を説明しますネ。これは、日本語でいえば、『事業提案方式《じぎょうていあんほうしき》』のことです。役所からの発注業務の場合、この方式を取ることが多いんです。その仕事の委託先業者を選定する際に、複数の業者にその案件に対する企画を提案してもらって、その中から優れた提案を提出した業者を選定する方法なんですよ」

　川原議員が、

「そうそう、その通りだよ、解ったね、古川君。それでネ、開溝君、私と市長の意図に沿うやり方はどうすればいいんだネ！　そのところを詳しく詰めたいね、どうだろうかネ！」

（これは、談合入札の中でも最も難しい「官《かん》」「政《せい》」「民《みん》」の三悪共同作業なのだ、解っているんだろうなぁ！　この先生は！　法を犯して、法を犯してないという顔で生きるという苦を。この仕組みは並ではないんだ、他人の誰にも気付かれないように、ばれないようにやり遂げることが！）と、哲二は心の中で叫んだ。

しかし、そのような腹の内を見せることはしない。哲二は川原と古川の顔を見つめながら、静かな口調で喋りだした。

「川原先生、古川君！　どうでしょうね！　この案件、環境アセスメントの絵図《えず》を私、開溝に描かせてもらえませんか。又、その絵図を基に、川原先生、古川君と私は実行動を取るということを約束してもらえませんか！」

川原議員が、

「開溝君、いいんではないですか。その絵図で私と市長の意図に沿うというのであればぜひ、やってもらいたいですね！　何か、まるで黒田官兵衛《くろだかんべえ》ですね、開溝君は。策士だね！　それで、その策略とはどうすればいいのですかな！　手引きをお願いしましょう！」

古川は何がナンでなんとしたものかというような顔で「うん……うん……」と首を振るのが精一杯のように見えた。

哲二は話し続けた。

「川原先生、私はこの案件の入札方法は指名プロポーザル方式を使えばいいと思っています。このやり方はですネ、指名競争入札とプロポーザル方式を和合させたようなものです。あえて名前を付けるなら指名プロポーザル方式でしょうか」

川原が口を挿んだ。

「開溝君、ちょっと？　指名プロポーザル方式なんていうのは実存するのかね、どう！」

「それはですね、K市が独自で考案したやり方と思えば宜しいかと！　川原先生、現状の指名競争入札を実行しても、指名業者の数は最低でも十社位は参加させなくてはなりません。その上、発注金額が大きすぎますから！　それを一回の入札で予算以内の札《ふだ》で落札し、決定すれば、必ず公取委に目を付けられます。〝談合《だんごう》〟だの〝疑惑《ぎわく》〟だのの危険は絶対に避けたいのです。何もかも終りますから！」

古川が、

「ネェ、公取委とは何のことですか？」

川原が、

「君ネ、公取委だよ、古川君、それも知らないの？　開溝君、すまないが、ちょっと説明をしてやってほしいネ」

「ええ、解りました、古川君、公取委というのは、『公正取引委員会《こうせいとりひきいいんかい》』の略称で公取委《こうとりい》と呼んでいるの！　何をするところなのかといえば、業者に談合をさせない為なんだよ！

正式には総理府の外局の一つなんだがネ、役所発注の競争入札の際に複数の入札業者が、前もってお互いに相談して入札価格や落札業者を決めておくこと、これが談合でしょう。それに、公正な価格を害した、又は不正の利益を得る目的で談合したとなると、これは談合罪《だんごうざい》が成立するのですよ。

その独占禁止法の運営、監督にあたるのが公正取引委員会つまり公取委、職権行使の独立性が認められているから、不正を曝くことができる権利を持っているのですよ」

川原が腕を胸の前で組んで頷きながら、

「その通り、開溝君、完璧だよ、君は博学だネェ。古川も、もっと勉強しないと駄目だよ。君が口を入れるから！　話の途中だよ、開溝君、話を進めて、さぁー」

哲二は再び喋りはじめた。

「川原先生、私の描く絵図は、この案件をうまく実行するということなのです。ですから必ず参加する業者は業者間で話し合い、談合が成立しているというのが第一の条件です。

そこで私が最初に申し上げた指名プロポーザル方式と指名競争入札は、何ら違わないように見えますが、指名プロポーザル方式は入札日以前、つまりは入札日六ヵ月位前にこのプロジェクトに参加する業者を選定します。そしてその業者に『プロポーザル、すなわち提案計画書を作成させて、入札日一ヵ月前位に役所担当課に提出させるように指示を出します。これが第二の条件です。その選定業者の数は七社位は必要です。各社が各自でプロポーザルを作りますが、参加する七社中の一社を幹事会社に任命します。これが第三の条件です。その一社、幹事会社にこのプロジェクトの詳細を掴ませます。そして立案・計画をさせ、提案を盛り込みます。

その概要が出来上がりましたら幹事会社以外の残りの六社に、他業者に隠れて《バレヌヨウニ》秘密に送付して、あたかも各社が独自で考えたようなプロポーザルの作成をさせます。そうすれば『大きいズレ』や『ちぐはぐな』内容のプロポーザルは出てきません。

そしてこのプロポーザルには必ず最終項にこの仕事に掛かる各社の総予算を添付させます。これが第四の条件です。

そして一社、つまり幹事会社の総予算は、一億円を切って一億円以下、役所の発注予定金額以下にさせます。参加する残りの六社は全て一億円以上の予算を計上《けいじょう》させます。これが第五の条件です。入札日には役所発注の予算内で納まっているのは一社・幹事会社のみです。他の六社は全て予算オーバーで落札できません。

その一社が川原先生と私が仕込んだ会社なのです。指名された会社がぞろぞろと役所に立ち入っては目につくでしょう。特に公取委の！

ですから、私は指名競争入札ではなくて指名プロポーザル方式を今回は採用することを勧めているのです。

この案件のプロポーザルの内容は、役所の担当者、係長、課長クラスにも大変勉強になって仕事もやりやすくなるでしょう。民間業者の考察力は凄いもので、現在の役所職員の比ではありません。素晴らしい頭脳を持ったエンジニアが多数いますから安心して下さい」

一連の流れを説明し「川原先生、絵図の概要は以上で宜しいでしょうか！」と、哲二は声を掛けた。

絵図の話をしている間、川原は、終始、腕を組み、眼鏡の下の細い目を見開いてじっと聞き惚れていた。

「うーん、凄いね、開溝君、気に入った、この策略は！　流石《さすが》、〝昭和の黒田官兵衛《くろだかんべえ》〟だ！まぁ、開溝君、一杯ビールを呷《あお》って喉を潤しなさいよ、さあどうぞ！」

そう言って、顔面に笑みをうかべてビール瓶を持って、哲二の差し出したグラスにビールをなみなみと注いだのである。哲二は「どうも、有り難うございます」と、注がれたビールを一気に飲みほした。

古川は黙ってその光景を見ていたが、顔は笑みを浮かべて嬉しそうであった。

川原が、

「開溝君、それで、私と市長の意図の流れはどうだろうネ、そこを詰めておきたいと思うんだがネ！」

（……そうきてくれないと話が進まないだろう、貴男がたの一番の心配はそこにあるんだから！　銭の亡者め！）と、哲二は心の中で呟いた。

「ええ、川原先生、大丈夫ですよ、御心配されなくても、私の今の考えではこの案件に関しては、幹事会社となった一社から『仕事仕込み手数料』として、受注金額の一〇％を必ず私が受け取ります。それを領収書なしで川原先生にキャッシュで用意します。あとは、先生と市長の好きなようにして下さい。どうでしょうか？」

川原は態《わざ》と考え込んでいるふりをして、

「開溝君、了解しましたよ。でも、くれぐれも無理をしないで、うまくやって下さいよね。

それで、君の望むものは、どうでしょう？　君はこの案件を実行してプラスになるんですか、そのあたりを！」

（俺は損《マイナス》する仕掛けは絶対にしないんだ。先生方とは生き方が違うんだ。今から俺の本音を言ってやるぞ！）

そう心の中で呟くと、哲二は川原の顔を見た。

「川原先生、私は今回の案件、指名プロポーザル方式の参加業者の一社に私の会社『開溝コンサルティング』の名前を入れてもらうだけでも大成功です。その上、先生が当初からお話をされていた、Ｋ市の市長にも、近日中に紹介していただけるのですから、こんなに誇らしいことはありません。それに、この案件の幹事会社と私とは一蓮托生《いちれんたくしょう》の関係になりますから、この案件を幹事会社が受注すれば私の会社にも充分の仕事量が流れてきます。それだけで充分です。そのあとは、川原先生と私との深い絆をつくって、何も無理せずＫ市から他の仕事も受注できますから！」

「開溝君、その通りですよ、近いうちに長岡市長を紹介しますよ。又、発注物件がある部、課の部長・課長も紹介しますよ。何と言っても君は私の黒田官兵衛なのだから！　私は君という男を好きになりそうです。今日、初めて会った人とこんなに友情が芽生えた気持ちになるとは！　なぁ、古川君、君が開溝君を紹介してくれた本当の意がようやく解りかけてきましたよ、ありがとうネ！」

古川も調子よく合わせた。

「先生、それは良かったです。本当に開溝さんを紹介して良かったです。私も嬉しいです。有り難うございます」

哲二は二人の会話を聞いて、顔は笑っていたが、頭の中は冴え渡って深い海の底まで見通す心眼が開花しはじめたのである。

「川原先生、今後の話を少し聞いてもらえますか？」

「あぁ、開溝君、何も遠慮しなくて喋って下さいよ、私と君とはもう同志なのだから喜んで聞きますよ！」

哲二は話し始めた。

「川原先生、私は先生と市長の意図を汲み、この意図に沿う絵図をつくりました。ですが、私の描いたこの絵図は全て、世間一般から見れば法の裁きを受けるやり方なのです。しかも、『談合』という天下の法を犯すやり方を敢えて選んだのは、先生の最初の『政治生命を賭ける』との言葉に心底惚れたからなのです。その言葉の腹は、私が絵図を開帳した現今、変わらぬ覚悟をお持ちと考えて宜しいですよネ」

川原は顔を少し赭《あか》らめて細い目を見開き哲二の顔をじっと見つめて、

「開溝君、大丈夫です。私も政治家の道へ足を踏み入れて、現市長と盟友になり、この案件の為にどれだけ汗を流したことでしょう！　この案件を実行するという腹を決めた時、刑務所の境壁の上、つまり『コンクリート境壁の厚さ』、十㎝弱の幅を歩いているようなものだと思っていますよ。だがね、開溝君、私も市長もその内側の刑務所には絶対落ちませんよ、仮に落ちたとしても外側、つまり、この社会に必ず残っていますよ！　開溝君が思っている点について何ら懸念はありませんよ、御安心下さいネ、ははは……」

哲二は川原の顔を再度見つめて、

「川原先生、よーく解りました。先生の腹の括り方、その上、先生の生きていく強さを！ですが、再度、腹を括り直してもらいますよ。私は先生からこの案件の話を聞いて、絵図を描くと決めたその時から、自分の歩くべき道は『諸刃《もろは》の剣《けん》』の上を歩くのと同じことなのだと決心したのでございます。その歩上には幅はありません。諸刃ですから！　右、左に動いても一刀《いっとう》の如《ごと》く己《おのれ》の体《てい》は、真《ま》っ二《ぷた》つに切り裂かれるでしょう。

只《ただ》、無事に諸刃の橋を渡り切るには、事の全てに於いて油断一つあってもなりません、油断があるとするならば、それは己《おのれ》の失敗です。その失敗は許されません。己《おのれ》に対してその時は、死という裁断に掛けられます。失敗は油断の風で起こります。川原先生、その決心は揺らぎませんですネ、もう一蓮托生《いちれんたくしょう》ですよ、御理解して下さいますネ！」

川原は、哲二の言葉を聞きながら唇を噛み締めて、そのあと、興奮気味に、

「開溝君、やりましょう。私はこれほど燃えた感情になったのは、市議会選挙で初めて当選の朗報を聞いた時以来ですよ。やろう、君が述べられた、その諸刃の剣の上を一緒に渡りましょう、歩いて。うーん、心の底から何か不思議な力が湧いてきますな！　なぁ、古川君！　どうだい」と古川に向かって、笑顔で喋りかけた。古川も満面の笑みを浮かべて黙って頷いていた。

哲二も顔を和らげた。

「川原先生、有り難うございます。頑張ってこの絵図を成功させますので御指導をお願いします」と、軽く頭を下げる。

哲二と川原議員と秘書の古川の三人は、小料理屋田々《でんでん》の二階で今後の各々の行動、やるべき仕事の段取りを密に打合わせた。

特に今後の注意する点は川原と哲二との接触の計であった。Ｋ市役所内では、絶対に接

触をしないこと、又、打合わせをする場合でもK市内の店やI市の田々は今後、三人の打合わせで使わないこと、連絡は全て秘書の古川が連絡員となって動くこと、直接会う必要が生じた場合は古川が東京での店を選定してから動くこと、K市役所内部の細部調整は川原と古川が以前と同じやり方で自然に進めること、又哲二は案件業者の総まとめをやり、その結果の連絡は古川を通して報告をすること等が決まった。

田々の時計は二十二時を回っていた。

古川が「先生、もう二十二時を回っています。そろそろお開きとしましょうか、話し合う大筋も纏《まと》まったことと思いますが！　開溝さんもどうでしょうか！」と、時計を指して言った。

「あぁ、もうそんな時間かネ、そうだネ、重要なポイントは大体のところ、済んだと思うがネ、開溝君の方もどうだろうネ、いいかな！」と川原も古川に同意した。

哲二は（この小料理屋の暖簾《のれん》をくぐったのが、確か、十七時前だったなぁ、もう五時間も密な打合わせが続いていたのか、そんなに長い時間が過ぎたとは思っていなかったが……）、

「川原先生、そうですネ、古川君も、長い時間お疲れさまでした。今日のところはこれま

でで。それでは、打合わせ通りに進めて実行しましょう」
「開溝君、頼みましたよ、古川君もネ」と、川原がタヌキ笑顔を浮かべた。
哲二と古川は顔を合わせて「はい、解りました」と、頭を下げたのである。

絵図の進行

事務所に帰ってきてからは、毎日が多忙であった。しかし哲二の心は妙に浮かれていた。自分の会社を興して以来、こんなに心から晴れた気分で仕事をやったことは一度もなかった。それが今は充実した日々を送っているのである。

やる仕事、というか、やらなくてはならない作業は山のようにあったけれども、一《ひと》つひとつをこなしていけば確実に未来が開ける。この嬉しい事実は人間の心をこんなにも大きく変える証であることを初めて感じるのであった。

新しい事務所は古川が探してくれることになっていたので、それは彼に任せて自分のやるべき仕事を優先させた。まず会社の増資を進めた。公証人役場に出向いて相談をすると、案外、手続きはスムーズに進んでいった。

資金調達の為に、銀行に顔を出す機会が増えていった。新規事業計画書を作成するにも、目標プロジェクトが見えているので自分の考えでプラニングできる。事業拡張計画に役所が応援してくれる旨をそれとなく話すと、担当の融資課長も今までとは対応が違って拡大融資にも乗ってくれるようになり、哲二は心の底から嬉しかった。

そんなある日、古川から新しい事務所がようやく見つかったという連絡が入った。来月早々に新事務所に移る準備を進めてほしいという旨であった。哲二は今借りている事務所を今月中に退去する決心をして、カワノビルオーナーの田部会長の下《もと》を久し振りに訪ねた。

十階のオーナー室のチャイムを鳴らすと、

「あら、ボン、お久し振りですネ、ほんとに！　会長、ボンがお見えになったですよ！」

と、秘書の高橋女史が、品のある声と服装で迎えてくれた。

「会長、開溝です。久し振りでございます。入りますよ、いいですか！」

机に向かって仕事をしていた会長が、椅子をくるりと廻して顔を向け、微笑んだ。

「おッ、ボン、久し振りやねぇー、元気だったの？　最近、喫茶店にも寄らないでしょう、マスターが心配していたよ！　そんなに忙しかったの？　何かしてたの？　仕事？」

「会長、本当に済みませんでしたネ。いろいろと仕事の件で動きまわっていましたので御免なさい。今日は、ちょっと御相談がありまして！」

「はい、はい、何の相談ですか、ボン？」と、会長が聞いてきた。

高橋女史が特製のコーヒーを入れて「どうぞ」と微笑んでテーブルの上にセットしなが

ら、

「あら、珍しいことですこと！　ボンはどこへ行ってらしたの！　私《わたくし》のコーヒーを忘れましたの、このボンは！」とジョークまじりの挨拶をした。

「会長、突然なことですが、今借りている六階の事務所を移転しようと思って御相談に来ました。本当はもっと早く言わなくては規則違反になるでしょうが、そこを何とかお願いしたくて……」と、哲二が言うと、会長は吃驚した顔つきでソファーに座りながら、

「えッ、どうして、何か理由があるのですか！　ボン！　仕事がうまくいってないの？　事務所代金が払えないの？　どうしたの？」

　高橋女史も、

「まぁ、ボン、そんな、どうしてなの？　何かあったの、あったら正直に会長はんに言いなさい！　こら、ダメヨ、何でも話すんでしょう！」

　哲二は心の底から嬉しかった。

（他人様の私ごときのことをこんなにも心配して下さる会長、高橋女史！　でも、今の心の中の真実は喋ることはできない、絶対に！　K市に於ける策略や市議会議員のことは、何一つでも喋ることはできないんだ）と心の中で誓いを新たにしていた。

「会長、高橋さん、何も聞かないで許して下さい。今月末日までに、今お借りしている事務所から出ていきます。いや、いかさせて下さい、お願いします」

哲二は目をかっと見開いて訴えた。その真剣な眼差しを見て、田部会長は静かに口を開いた。

「ボン、何かありましたね、その何かは言えない！　でもボン、事業家になるために私の下《もと》で三年間も実践経営等を勉強してきたボンですよ！　その君が、何も聞くなと言うのですから、よほどの事情なのでしょう。解りました。高橋さん、何も聞かず、ボンの好きなようにさせてあげましょう、いいですネ。ボン、大丈夫です。全ての手続きも何もかも私が進めてあげますよ！」

「えッ、会長？　……本当に困った子ですよ、アナタは。ボン！　でも会長はんがああ言っておられるのですから、宜しい。事務所を出ていくのを認めてあげましょう。その代わり、しっかりとやりなはれよ！　よう、気張って。解ったですか、ボン！」

哲二は心の中で涙を流した。己《おのれ》の勝手で絵図を描き、己《おのれ》の勝手でその夢を見る性根の惨めさ！

「会長、高橋さん、有り難うございます。この三年間と数ヵ月間、大変お世話になりました。会長には経営の礎を教えていただき、その教えを実践してまいります。又、高橋さんには心の優しさを教えられました。人として、男として恥じ入ることのないように、日々精進してまいります。有り難うございました！」

会長は顔を穏やかにして微笑んで、

「ボン、一つだけ言っておきます。今からの出来事は全て自分の為したことですよ、その責務は自分で取るのですよ、それとね、〝捕らぬ狸《たぬき》の皮算用《かわざんよう》〟は真《まこと》の事業家は決してやりませんよ！　そのことをよく弁《わきま》えて進みなさいよ！　頑張ってやってみなさい。私の実践大学の第一番目の弟子で最後の弟子、ボンよ――」

会長はソファーから立ち上がって、手を伸ばし、哲二の手を強く握り締めた。とても温かい手であった。哲二は二人それぞれに挨拶を交わして、会長の部屋を後にしたのである。

＊＊＊＊＊

十二月初旬。

新しい事務所への引っ越しは古川の手際よい段取りでスムーズに終了した。新しい事務所の中で哲二と古川は新しい椅子に座って雑談を交わしていた。

古川が、

「開溝さん、取りあえず、無事に引っ越しが終って、おめでとう。良い事務所でしょう？　こうして、机、椅子、ソファー、書庫、電話と一通り移転が終了すると、どうですか！　この物件を探すのになかなか大変でしたよ」

と、少し得意顔で話した。

哲二も、

「古川君、本当に有り難う、一つの大きい問題が片付いた、君の御陰だよ」と返した。

（古川の奴が安い物件と言っていたが、何が安いんだ！　保証金で三百万円、毎月の事務所代金が三十万円、えらい出費だ！　その上、既に資本金増資で四百万円、それも全て銀行から証書貸付金、つまりは借金だ。合わせて一千万円近い投資だ、解っているのかい、古川よ）

哲二は心の内を表情に出さないように雑談しながら笑みを浮かべて、再度古川の顔を観察した。

古川が話しかけた。

「開溝さん、この前ネ、うちの川原と事務所で打合わせをしていたら、開溝さんの話が出てネ、川原議員が言うのには、『開溝君は、事業家でも良いけど、政治家が一番似合っているると思うよ、彼は何と言っても頭が切れる、本当に政治家を目指さないだろうかネ、私は力になるけどなあ―』と言っていましたよ。どう、開溝さん、政治家を目指しますか？」

哲二は微笑んだ。

「古川君、有り難うネ、でも何も出ませんよ。前から君に話していたと思うけど、私は政治はやらないと自分で決めているんだ。その話はやめてほしいネ！　ところで、案件の役所側の方はうまく進めているのだろうネ！」

「はい、大丈夫です、着々と進めています。何といっても開溝さんの絵図ですから、落度はありませんよ！　それより、川原が、業者のセットはどうだろうかと心配していましたよ！　どうですか、そちらの方は？」

「あぁ、新事務所が決まって、私の会社のパンフもでき上がったから明日からでも動きだしますよ。又、君に連絡を入れるから頼みますよ！」

新しい事務所への引っ越しが完了したその翌日から、哲二は案件の〝幹事会社〟の設定に取り掛かった。

哲二が数年間お世話になり、今でも〝師〟と仰ぐ日洋興産の技術研究所の安友和樹《やすともかずき》所長に電話を入れた。

「もしもし、開溝です。御無沙汰しています。親父《おやじ》さん、お元気ですか！」

「もしもし、おう、開溝ちゃん、久し振りだね、元気かい、仕事の方はどう！　やっているかい、何か急な用でもあるのかい！」

「ええ、元気です、貧乏暇なしで頑張っています。ところで、親父《おやじ》さんの知っておられるコンサルで、環境部門に強い中堅のコンサルを私に紹介していただけませんかねェー」

「開溝ちゃん、何をしようと言うんだね！　何か仕事のプロジェクトの話かい？」

「ええ、詳しいことは今はまだ話はできないのですが。親父さんと、親交の深い人の方が良いですけど――駄目ですかネー。力を貸して下さいよ、頼みますよ！」

「ふぅん？　開溝ちゃん、何か仕掛けているネ。その位はすぐ解るよ。まあいいよ、何も聞かないでおくから！　そうだねー、居るよ、学会の仲間で、その人も、その会社も、技術・信用とも充分な人がいるよ。今は確か新宿だったと思うが、東京支店の支店長も兼ねているよ。ちょっと待って、あった、あったよ！　会社はネェ、メモいいかい」

哲二は、そばにあったメモ用紙とペンを引き寄せた。

「阪神技術総合コンサルタント、東京支店で支店長、大野木好夫《おおのぎよしお》さんという人だよ。その会社の役員で専務取締役だよ。電話番号は直通で○○－○○○－×××だよ、メモしたネ。私の方から今日にでも電話を入れておくから、明日にでも電話して会う日を決めたらいいと思うよ、気さくな人だよ！　開溝ちゃん、あんまり無理はしなさんなよ、元気でやれよ、又会おうネ！」

「親父さん、すみません、有り難うございます。じゃ、又宜しくお願いします」と電話を切った。

親父さん、こと安友和樹は哲二の師匠である。日洋興産の技術研究所所長で、勤めていた数年間、直属の上司であった。会社を辞めた後も、付き合いは続いた。尊敬する人物の一人で又、学者でもある。頑固で気難しいが、心根は優しく人情の厚い人物で頭脳は天下一である。まさに生まれ付きの天才であろう。大学も関西の国立一流大学に入学するも、教授と気が合わないと辞めてしまい、東北の国立大学に入り直し、卒業した逸材である。単に技術者・エンジニアというだけでなく、理工学全般にわたって才能があり、地球物理学・地質学・土質工学・岩盤工学・地震学等と多方面の学会に名を馳せている人物なのである。

哲二はあることが縁で知り合い、研究所で働くこととなり、安友所長の直接指導を受けた。数年後には、安友和樹の六番目の弟子として、その方面では注目されるまでに教え、指導を受けたのであった。

哲二は幹事会社の話を早急に進めないと時間がなくなることを感じていた。そして言われたとおりに翌日、親父さんに教えてもらった番号へ電話を掛けたのである。

電話は繋がった。

「もしもし、阪神技術総合コンサルタントの大野木でございます。あッ、開溝コンサルティングの開溝社長さん！　そうです、私が大野木です。安友先生から直接電話がありましてね。開溝社長さんのことを宜しく頼むと言われましたので！　大丈夫ですよ。それで、話は電話では大変なのでしょう！　えぇ、明日なら夕方、時間を取りますよ、じゃ、明日会いましょうね」と、話はとんとん拍子に進んだ。

哲二は阪神技術総合コンサルタントの東京支店、支店長の大野木と新宿で会う約束を取り付けた。会う時間は夕方の十七時三十分、指定されたその店で待っているからと。

哲二は指定された店に向かっていた。

（昨日の電話での応対はなかなかの人物であろう。丁寧な言葉遣い、それはそうだ、関西で名門の国立大学の大学院出身、環境工学の分野に於いては、日本国内で屈指の学者であり民間会社の役員の一人だと。まぁ、何とか会う約束を取ったんだ……何とかなるさ！）と、哲二は指定された店の看板を探しながら考えていた。

指定された店は、意外にも早く見つかった。腕時計は十七時十五分を指していた。

哲二は暖簾をくぐって「お邪魔します」と入った。

女将のような人が出てきて挨拶を交わした。

「開溝と申します。大野木さんと会う約束の者ですが、いらしておられますか！」

「ようこそおいで下さいました、どうぞ」と、奥の部屋の方へ案内された。

「大野木専務、開溝さんがお見えになりました！」と、女将が声をかけると、中から障子戸が開いて、

「やぁ、こんにちは、大野木です。さぁ、どうぞ中へ……」と、招き入れられた。

「失礼します」と、哲二は上がり框《かまち》の上に靴を脱いで上がると、その靴を揃えて端《すみ》の方へ寄せてから部屋に入った。その様子を一部始終、部屋の中から大野木は見ていた。

（この若さで、礼儀作法が身に付いている、開溝哲二という男はなかなかのものだな、これからどんな戦法で自分の道をつくるのであろうか、楽しみだ）と心の中で思った。

哲二と大野木は、部屋の真ん中の卓を挟んで正面から向き合った。

（……この二人が近い未来に於いて戦うとは、神のみぞ知ることであった。運命なのかも……）

哲二は名刺を出すと、

「開溝哲二です、宜しくお願いします」と、深く頭を下げながら名刺を渡した。

大野木も名刺を出して、「大野木です」と名刺交換をやり終えた。その時、障子戸が開いて、

「大野木専務、いつもの料理で宜しいですか？　ビール、お酒と準備しておきますから――」と、女将が顔を見せた。

「あぁ。女将、いつもすみませんね、今日もちょっと二人だけでの話があるので、料理、飲み物はいつもと同じで結構です。用がある時に呼びますから。それでどうでしょう」と言って哲二の方に向いて、

「開溝社長は何か、好き嫌いはありますかネ」と尋ねた。

「何でも食べますから、心配御無用ですよ」

女将は微笑んで、「解りました」と、障子戸を閉めた。

部屋の中には、哲二と大野木二人だけ。

（……いよいよ案件の話の開始だ。お前さん、きっちり仕事をやれよ！）と哲二は心の中で叫んだ。

大野木が口火を切った。

「開溝社長、社長が安友先生の弟子であったとはネ。まぁ、何かの縁でしょう。この前の電話で安友先生から貴男のことをいろいろ聞いております。安友先生も貴男の力を高く評価しておられますよ。私と安友先生は学会の仲間でしてね、よく学会でご一緒するんですよ。安友先生が『開溝君は研究肌でなくて、実行動体のようなもの、そう事業家が一番合っていると思いますネ』とも話をされていましたよ。ところで、今日の話はどういう内容のものなんでしょうか？　電話では話ができないという旨を言っておられましたが？」

哲二は、

「大野木専務、本当に今日は会って下さって、有り難うございます。私の身上は、安友先生から聞かれていると思いますから、早々に本題に入らせてもらいます。まだ市の名前は出せませんが、東京近郊の某市として話します。この市が環境調査といいますか、環境アセスメントの案件を抱えておりまして、その仕事をやってもらいたいという、お願いなのでございます」

大野木専務は、

「あぁ、市の発注案件なのですか！　まだまだ、全国的に見ても、環境アセスメントを考えている市は少ないですけどネ！　東京近郊ということは、その某市も市全体の開発が人口、急増に追われて見直しの方が追いつかない現状なんでしょうネー。特に東京近郊の場合は多いですネ。でも市の発展・開発と同じぐらい、環境アセスメントを実施しておかないと将来的に大きな痛手になりますからネ！」

哲二はすぐに反応して、

「大野木専務、流石《さすが》ですね、考えられること、そして読みが早いですね。その某市も環境アセスメントの必要性・重要性は充分考えています。けれど、肝心なことは、ご存知と思いますが、予算です。この案件に係る予算が市の単独委託費だけでは難しいと思います。そこで某市も国の助成金、補助を受けて仕事をやりたいと考えたのでありましょう。市議会の方でも力仕事をやって骨を折ってきたと思います。それがやっと実って国の補助金も付き、市の予算も組み込まれて、今となったのであります。私の友人が、その某市におります関係でこの仕事をやって下さるコンサル会社を探している旨を私に相談がありまして、私は安友先生の力を借りまして大野木専務の会社を探してもらった訳でございます。この案件に御社の力を貸してもらえませんか！」

大野木が、

「ええ、市の環境アセスメントの仕事なら、私共の会社でいくらでも対応できると思いますよ！　その某市の考えで進められ、やられれば、優秀なコンサルタント会社が多数名乗りを上げてくると思いますよ。開溝社長が私共の会社をその某市に強く推すという考えはちょっと理解できない点でもあります。私も一民間人として、民間会社の役員でもあり、会社の東京支店も委せられている身の上です。又、学会でもそれなりに頑張っているつもりです。会社の役員ですが、一人の営業マンとして、営業面でもそれなりに仕事を受注してまいりましたからね。ですから開溝社長が、一番信用しておられる安友先生を通じて、私の会社を紹介してもらった経緯《いきさつ》を考えてみますと、先ほど申しましたけれど、開溝社長が私共の会社をその某市に強く推すという所が引っ掛かるのです。これは、私の生きてきた社会での営業経験も踏まえて考えたことなのです。開溝社長、どうでしょう。ずばり、〝本音《ほんね》〟で話し合いをしませんか！　この場には、私と貴男、二人しか居ませんから！どうでしょうね！」

哲二は、大野木の顔をじっと見つめながら話を聞いていた。

（この人は俺の心の中を見抜いた。この短時間での会話から！　この人は嘘は言っていない、さぁ、哲二、賭けるか、この大野木に！　真の実を喋るか！　どうか！）と、哲二も一瞬戸惑って即答を控えて時間を置いた。

そして哲二は、大野木の顔と目を再度見つめ直して、本来の哲二の顔つきで口を切った。

「えぇ、その通りですネ！　大野木専務も腹を括《くく》り〝本音〟で話し合うことを望まれているのですから……私も〝本音〟でお話をさせてもらいます、実はこの話の某市とはK市のことなのでございます。私とそのK市の経緯の詳細は今は省略しますが、この案件『環境アセスメント』の仕事を、御社で、受注していただきたいのです。その上、この仕事に係わるコンサル業者の幹事会社になってもらいたいのです。どうでしょうか！」

大野木は一度目を閉じて考えていた。そして、ゆっくりと目を開いて、

「……あぁ！　やっぱりそういうことですか……昨今、多くのコンサル会社が、市・県等の受注に対して躍起《やっき》になっていますからネ！　しかしですね、そのK市の案件を受注することを含めても、又、幹事会社になるということは……！　仕組むということなのでしょうネ……仕組むとは『談合』をしろということですかネ⁉」

哲二は（今だ）と思い、

「はい、そうです。ずばり『談合』です。しかし、世間一般で言われている『談合』ではありません。最も厳しいといわれる、官・政・民の三悪協同談合なのです。私がそのK市の案件の一つである『環境アセスメント』の絵図を作った張本人であります。大野木専務、これが私の〝本音〟であります」

哲二は単々と軽い顔で談合の〝本音〟を喋ったのである。聞いていた大野木は、目を大きく見開いて吃驚した顔で、

「えッ！　この案件の絵図を、開溝社長が描かれたのですか！　ということは、仲間はK市の中心人物、又、市議会の議員さん等を含めて話を、絵図を纏《まと》めた！　いくら、今日会って〝本音〟で喋るといっても、余りにもストレート……！又、官・政・民の三者の談合仕掛けを作り上げられた！　恐れ入りますよ！　〝大胆不敵《だいたんふてき》〟とは、開溝社長！　貴男のような人を指すのではないでしょうかネ！　開溝社長！　これは危険、危険すぎますよ、そうでしょう、今は公取委の目も絶えず光っていますし……」

哲二は大野木の話を振り切って喋り続けた。

「大野木専務！　まぁ、落ちついて聞いて下さい。私は貴男から〝本音〟で喋るという言

葉を聞かされて、実の話を回り諄く言っても埒が明かないと判断して単刀直入に話したのです」

大野木は、慌てた様子で、

「開溝社長！　それはそうですが、いくら何でも〝本音〟で物を言うといっても、これは、天下の、国家の法を犯すということですよ！　普通では考えるべきことではありませんよ！」

哲二は更に冷静な顔と声と態度で、

「大野木専務！　私より社会経験の長い専務の生きてこられた道ですから、当然のことと思っています。ですが、先述いわれていたように物事を詰めていく場合の本音とはどう判断すれば良いのでしょうか。私は本音で事実を喋るということは、時の法を犯すという事態もあって当然だと思います。それが歴然として世間一般から見ても情状酌量の余地がない部類の犯とは分けが違うと思うのですよ」

哲二は単々と喋り続けた。もう逃げ場のない自分の立ち位置を優位に持っていかなくては、今回の案件の破談の恐れが生じることに繋がる。その破談は己《おのれ》の生きていく道を断ち切られるという惨めな顚末を認めることになるからであった。

大野木が、苦虫を噛みつぶしたような顔で辛そうに、

「しかしですよ、開溝社長！　万が一にでも、このことが露見《バレ》たら大変なことになりますよ！」

すかさず哲二は、

「大丈夫です、バレません！　大野木専務！　何故《なにゆえ》にかと申しますと、この話を知っているのは私と大野木専務以外は誰一人として居ないのですから！　本音で物を言うということは、聞く側も、喋る側も既に〝腹を据えた〟という判断しかできないからです！」

大野木は少し顔を引き攣《つ》らせて、

「開溝社長、貴男は、当初から私を〝嵌《は》めた〟のですネ、それで私に本音で喋るという言葉を誘ったのですネ、貴男という人は何とずる賢い人でしょうネ！」

哲二は心の中で、

(俺は〝嵌めて〟ない、そんなちっぽけな考え方は持っていないのだ。貴男が自ら〝本音〟という言葉を喋ったのではないのかい！　まぁ、どちらにしてもやってもらうしかないんだ！) と叫んだ。

そして哲二は更に落ちついた口調で、

「大野木専務、私は貴男と口論をするために今日ここに来たのではありません。道を開いていく為に会っているんです。誤解をしないで聞いて下さいネ、この案件は、私の人生にとっても大切な一つの事例なのです。名も学もバックもない一人の男がこの東京の下で事業をやっていくというのは、実際のところ、大変難しく、多くの問題を抱えて事業をしなくてはならないのです。その私に、天下《てんか》が一つの道を下さったと私は信じています。ですから、この〝案件〟に関しては、私を信じて下されば成功をします、何も人を殺すというのではありません、談合を悪としか思わない役人が全て正しいことをする人間とは思っていません。その確証として挙げれば、大野木専務自身の会社の仕事受注を見れば一目瞭然でありましょう。受注された仕事全てに於いて、自分の会社の力と営業マンの巧《たく》みな努力と思われていますか、否、全てが話し合い、つまりは談合の結果ではありませんか！

それを会社の営業の努力とするならば、今回の案件はどうでしょう。

仕組みは全て、私が取りまとめたことで、大野木専務の会社は一切関係なしで、タッチすらして居りません。一円のお金も流出していません。何が天下の法を犯すことになりましょうか、貴男の会社は無実で綺麗な体ではありませんか。では、悪いのは誰か、一番の悪《ワル》はこの絵図を書いた私です、開溝哲二です。貴男の会社は私の手の平の上で単に踊っただけなのです。御理解いただけますか、大野木専務！　私が絵図を描くということは、私自身がそれなりの腹を括ったということです。そして私が歩いていくべき道は、『諸刃の剣』の刃上を歩くという決意なのです。その辺りの愚かな考えの奴等、先見の明のないヤツらとは天と地の差なのでございます。どうですか、大野木専務さん！」

一人独学で生きてきた男の考え方をこれほど堂々と論じた若造の迫力に耳を澄まして聞いていた大野木は今までの態度、表情を一変して哲二の顔をきちっと見つめ、そして静かに話し始めた。

「開溝社長、貴男には完敗ですわ！　私共の会社も、国家の法の下といえば法の下、否、国家の法の上といえば法の上の状況での全ての仕事の受注でしょう。貴男のことですから、それらのことも調査済みと思います。私は貴男から電話をいただいて、今日の今まで開溝という社長は未熟な考え方、脳の力の低い人間としか思っていませんでした。ただ、単に金儲けしか頭に入っていない成金主義の人だと！　その人物が公的な役所と手を組んで危ない橋を渡ることとなのだと馬鹿にしていました、ですが！　言われていることを真摯に考えてみると、私共の会社は、もっと悪《ワル》を重ねて現在の会社の姿に成長させてきたのかと思え、その事案は隠すことができません。やはり、現実には嘘のかたまりでありましょうネ。開溝社長！　今回の案件の提案を冷静に判断しますので再度、お話の続きを聞かせてもらえませんか！」

哲二は大野木の一言一言を黙って聞き、頷き、そして微笑んで、

「大野木専務、ありがとうございます。やはり貴男は安友先生が私に紹介して下さった素晴らしい人間の一人です、でも勘違いをなさらないで下さいネ。私は談合とは話し合いの場であると今も認識しております。ですから談合することを正しいことは決して言うつもりはありません、私は全ての物事について人と人とが真剣に話し合うことが、まず基本だと思っております。どうか、この案件の幹事会社の務めを引き受けてもらえませんか。一緒にこの仕事をやって下さいませんか！」

大野木もにっこり笑って、

「開溝社長、よく解りました。それで、具体的にどのように進めていかれるのですか、その絵図の内容を順を追ってお話し下さいませ！」

哲二は自分が書いた絵図の内容を大野木に詳細に説明したのである。

K市の概要、K市の仕事の発注方法、今回の案件については従来の入札方法と違って、「指名プロポーザル方式」を取り入れること、これはK市独自の入札方法であること、発注時

期、発注金額等又「プロポーザル」に参加する業者の全数が七社のこと、その内訳は、哲二の会社、大野木の会社と他に五社を選定すること、その選定も幹事会社が行うこと、その上、幹事会社として参加する他の五社の業社と綿密な打合わせを水面下で実行すること、プロポーザルの主要内容は、大野木の会社が中心となって責任を持って進めること、これら全ての動きは慎重に進め、連絡等は全て哲二の会社を通すこと、その他、いろいろな手順で出てくる事項を予想して、その説明を哲二と大野木は顔をくっつける距離で話をしたのである。

さすが、関西の名門大学・大学院卒業のエリート大野木は、飲み込みも早く、全てを理解してくれたのである。

既に大野木と会って三時間が過ぎていた。大半の説明が終了して大野木が、

「開溝社長、よーく解りました。今日は大変お疲れさまでした。それにしてもあそこまで一人で絵図を描かれた？　何という人なんでしょうネ、貴男は！　私も会社の経営者側の立場にいる人間ですから、この案件の決裁は私の力で進めます、御安心下さい。まぁ、一杯やりましょう」

哲二も、

「ありがとうございます」と、卓上に手をついて礼を言ったのである。

そして二人でビールを飲み、料理をつまんだ。

お互いに、

「約束を守ってするべき仕事をやりましょう」

と会食を終了して、店を退出したのは二十一時三十分であった。

店を出て通りを歩くと、冬の新宿の夜が哲二には妙に懐かしかった。何故か吹く風が心地好く感じられ心の底から嬉しさがこみ上げてきた。

いつもと違い一つの大きい壁を乗り越えた哲二の自分に対する自信が体中から漲《みなぎ》ってきたのである。

密談

哲二は大野木と別れた後、夜の新宿の街を一人で楽しみながらぶらついて、一軒の店を探していた。

（この辺りだったなぁ！　圭《けい》ちゃんの店は！　久し振りによって見るかなぁー）

飲食店が多数入っている雑居ビルの看板の中に、その店の名が刻まれた表示板が照明で浮かんでいた。

『スナック　マイウェイ』とある。

（ここだ！　あったぞ、やっているな！）

ビルの中の階段を上ると、二階のフロアーに出た。その一角に『スナック　マイウェイ』と大きな看板が出ていた。

哲二は店の入口のドアーを開けた。

中からマスターが、

「いらっしゃい……」と懐かしい声で、

「こんばんは、よぅッ、圭ちゃん、俺だよ」と言って哲二は入った。

「あぁッ、開ちゃん、久し振りだネ！　元気にしてた、まあ、まあ、こっちへ」と、奥のテーブル席に案内してくれた。店は混む時間ではなく、客は哲二一人であった。

テーブル席に座ると、圭ちゃんが相棒のように側の椅子に座り、

「なぁ！　開ちゃん、本当に久し振りだネ、もう何年になるんだったけ！」

「あぁ、何年かな？　圭ちゃんも元気にしてた？」

哲二は座って圭ちゃんの顔を見つめながら心の底からの笑顔で応対した。

「なぁ、開ちゃん、飲む？　飲むよネ！　そうだよネ、やっぱり、『ジャック・ダニエル』のバーボン！　ロックでしょう、好きだものネ！」

「あぁ、飲むよ、バーボンネ、あの松ヤニの香《にお》い、十二年もの、二十四年もの？　好きだなぁ、圭ちゃんも一緒に飲もうよ——」

圭ちゃんはグラスに氷を入れてバーボンのロックを作りながら、

「あのさぁ！　開ちゃんが結婚して、そのあと夜間の大学を出たんだって？　それで自分の会社を興したと聞いているよ、開ちゃんの大学のときの仲間の一人に……。すげえなあと思っているよ！　その仲間がよく店を使ってくれるんだよ。それで、どう会社は！　儲

かっている?」

「うーん、ボチボチかな――。もう、ちょうど、四年目だよ！　でもそろそろ運が向いてきたのかなぁーと思うよ！」

「そう、それはよかったネ」と言いながら、バーボンのロックグラスを2個持ってきた。

「乾杯だよ！」「ああ、乾杯だネ」と、二人でグラスをカチーンと合わせた。


圭ちゃんこと黒津《くろつ》圭仁《けいじん》、哲二と昔、若い頃、この新宿の街で知り合った、不思議な縁である。一九五一年六月生まれの哲二、一九五一年八月生まれの圭ちゃん、同じ年なのである！　本当にお互いが気に入って、いつしか仲間というか、同志のように思う二人であった。圭ちゃんは都内の有名私立大学、早明大学の社会学部卒業の賢者である。

人間の一生とは全く解らないものである。圭ちゃんは普通の人間が選ぶ生き方ではなく自分の生き方を選定して現職を決めたのである。地位や名誉、銭を取るための人生か、否己《おのれ》の信じる道を取るための人生か、そこに価値観を見出すのは、人、それぞれの考え方であろう。

哲二は、グラスを傾けながら、

（圭ちゃんは口の堅い男だ。その辺のアホな兄ちゃんとは桁が違う、人として男として俺が惚れこんだ盟友なのだ）

と思った。

「それで、開ちゃん、どうしたん？　珍しいじゃないの！　店に寄ってくれるなんて！」

「ああ、圭ちゃん、今日は何かさ、心の底から嬉しくてネ、どうしても圭ちゃんと一杯飲みたくなったのさ！」

「そう、それは有り難たいね！　ゆっくり飲んでいってよ、いろいろ話もあるしネ」

哲二は今までのことを想い返して、夜間大学へ入学したことや、卒業してからの仕事のこと、又、独立して会社を興して今があること等を喋ったのである。そして、今回の案件の話も一通り話したのである。又、今日その一つの壁を乗り越えて成立した事案のことをも！

兎にも角にも、嬉しいという心の中を一番先に解ってもらえる盟友の一人に知ってほしかったのである。圭ちゃんが表も裏も知り尽した人間だからである。若輩であっても、「義」「徳」「仁」「筋」「情」がない人間とのつきあいはすまいと思っている一人だからなのであった。

圭ちゃんは話の全てを黙って聞いてから、

「開ちゃん、うまく筋書き通りいくといいネ、俺も祈っているよ。来月、開ちゃんが喜んでいる姿が見えるよ、頑張ってネ！」

と励ましながらも、「開ちゃん、充分注意してやれよな！　議員《バッチ》は信用できない人が多いし、学者は自分の地位と名誉を重んじる人が多いからネ。まぁ、開ちゃんなら、その辺りは端《はな》から読み取ってのことだろうがネ！」と忠告することも忘れなかった。

哲二は心から安堵し、一時間近く店で圭ちゃんと楽しんで、気持ちよく店を後にしたのであった。


年が明けた。

哲二は年が明けてからも、仕事に資金繰りにと忙しい日々を過ごしていた。けれど、心の中は今までと違って前向きの明るい気持ちであった。若い技術者も社員として一人、二人と増えていた。

（仕事も何とか繋いでいかなくてはならないぞ、この案件が今年の十月頃には決まるだろうから――）と、先の大きい褒美を目指して動きを活発にしていたのである。

二月に入ってのある日、古川から電話が入った。

「もしもし、開溝さん、古川です。先達てはどうも有り難うございました、助かりました。それで、又、来週の日曜日に、うちの川原が、東京競馬場に行くので開溝さんも一緒にどうですか、と言ってました。来て下さいネ、どう?」

哲二は（あの先生！　本当に〝賭けごと〟が好きだなぁー、酒は飲まないけど、競馬は本当に好きなんだなぁー、負けるくせに！　仕方ないか、付き合うか）と思いながら、

「古川君、解りましたよ、君が正門の前で待っているのね、了承しました。その時間には必ず行きますよ」

「それでネ、開溝さん、川原が、『済まないけど、又、少し〝小遣い〟を回してほしい』って。御免なさいね、五十万位！　頼みましたよ、じゃ、宜しく、待っています――」と。

哲二は、「何が、五十万位だと！　ふざけやがって！　自分の銭で遊べっていうんだよ！」と呟いた。

川原議員は表面では温厚な善人面を市民に見せているが、裏腹に、ことギャンブル、特に競馬に於いては「アホ」な男の部類に入るだろう、もう狂人クラスにあてはまる。哲二

は先月も競馬で遊ぶ金を用立ててやったばかりである。

（まぁ、今年の秋までの辛抱じゃ！）と心に収めた。


誰しもが「春が近い」と言い始めた三月の初旬のある日、電話が鳴った。阪神技術総合コンサルタントの大野木専務からだった。

「もしもし、開溝社長、大野木です。御無沙汰して居ります。お会いしたいのですが？都合の方を聞いてからと思いまして、急ですが、明日にでも、えぇ、新宿で……」という、大野木専務からの電話であった。

哲二は、大野木の指定した日時を即座に了承して会うことにしたのである。

指定の場所は新宿駅の近くであった。談話室『知賀《ちか》』という落ちつきのある大きい喫茶店である。約束の時間すこし前に店に入ると、既に大野木は待っていた。

大野木が立ち上がって、

「開溝社長、久し振りでございます。ようやく出来上がりました。開溝社長の言われていた資料、その他が……。今日はそのことで打合わせをしたいと思いまして、急ですみません」

哲二も、

「大野木専務、久し振りですネ、進みましたか、でき上りましたか！」と、哲二が声をあげると、大野木は「これを見て下さい」と、手提げカバンの中から厚い書類の入ったファイルを差し出した。哲二はそのファイルに……まるで腹が減っている子供が飯を口の中へ掻《か》き込んで入れるような仕草同様に……ファイルを捲り、点になった目で書類の文字を追い求めていた。大野木が、その姿を見て、

「開溝社長、そんなに急がなくても、書類も私も逃げませんよ」

と微笑んだ。

哲二もにこっとして、

「そうですネ、そんなに慌てる必要はありませんネ、でも見たくて、見たくて早く！　済みません、貧乏性なもので……」

「はははは……開溝社長らしいですよ！　じゃ、一通り説明しますね」といって、自分用のファイルを開いて、哲二に説明を始めたのである。

「開溝社長、これが、案件の「プロジェクト」に参加する七企業リストの会社名、①A社（阪神技術総合コンサルタント）、②B社（開溝コンサルティング）、③C社、④D社、⑤

E社、⑥F社、⑦G社です。これは、その各々の会社の会社案内のパンフレット、これは、「プロジェクト」に参加する事業提案計画書（プロポーザル）で、この事業提案計画書は、私共の会社、阪神技術総合コンサルタントの提出用の控です……」と、次から次へと説明を加えた。聞いている哲二はそのファイルを捲りながら、

「うーん、凄いですね、さすが、大野木専務！……うーん」と唸るしかなかった。

「開溝社長、こんど参加する七社中の五社、私共の会社と開溝社長の会社以外ですね、その五社の会社は、開溝社長から言われたように、既に根廻しは済んでおります。他の県・市の案件で私共の会社が協力していますから、安心して下さい。又、提案書の内容も大きく変えないで、各社に私共の会社の提案書を参考に作るように指示してあります」

　哲二はファイルから一度顔を上げて、大野木の顔を見つめて、

「ご苦労様でしたね、大野木専務！　完璧ですよ、これは！　有り難うございます。流石ですね、凄いですよ」といって再度ファイルに目を戻した。

「開溝社長、昨年の師走に会ってから、もう少し早くと思ったのですが、本社との連絡や打合わせに少し時間がかかったものですから済みませんです」

「いえいえ、そんなことは。それで大阪本社の方も承知してくれたのですね！」と、哲二

は大野木の顔を見る。

「ええ、大丈夫でしたよ、ただ少し時間が掛かったというのは、まあ、うちの会社の役員さんは、ほとんどが大学の学者のような人達ばかりですから、一般的常識を解ってもらうのに時間が掛かってしまったということですよ、でも最終的には決裁をしてくれたのですから、大丈夫ですよ！」

それを聞いて、哲二は顔をほころばせた。

「じゃ、大野木専務、これを叩き台の基として実行に移しますよ！　宜しいですネ！」

「えぇ、やって下さい、お願い申し上げます。後日の流れの指示はその都度、電話で御連絡を下さい。宜しくお願いしますネ」

哲二と大野木とのK市の案件の詳細な打合わせは終ったのである。哲二は、（いよいよ、幕が上がるぞ！　K市の絵図の）と、武者震いをした。

『知賀』での案件の打合わせが終った時、大野木が、「開溝社長、ところで今日は空いていますか、時間の方は？」と聞いてきた。

哲二は、

「はい！　えぇ、時間の方はありますが？　別に今から誰に会うという約束もありませんし……」

「あぁ、そうですか、それは丁度良かったですわ、開溝社長と会う時はいつも仕事の話ばっかりだったので！　仕事の話はここまでで……どうですか、今日、今から私に付き合ってもらえませんか？」

「ええ、何かあるんですか？」

「いいえ、いいえ、偶《たま》には、仕事の話ではなくて開溝社長と世間話をしたいなぁと思っていたものですから！　さぁ、行きましょう、一緒に来て下さいよ！」と言って、知賀を出て、大野木は先に歩いて向かった。哲二も並ぶようにして暫《しばら》く喋りながら歩いたのである。

哲二は、

（あれ、この道は、昨年の案件の話で使った小料理屋に向かう道ではないか？）と思った。

その店の前で大野木が先に廻って、店の玄関の戸を開けた。

「今晩は！　女将さん！」

中から、

「はぁい！　今晩は！　待っていましたよ、大野木専務さん、どうぞ、いらっしゃいませ、どうぞ！」と女将の声が返ってきた。

大野木専務が、「女将さん、連れて参りましたよ、開溝社長を！　さぁ、どうぞ、開溝社長！」と、店の中に案内してくれた。カウンター席に「どうぞ」と言って椅子を引いてくれた。

哲二は、女将に向かって、

「今晩は、開溝哲二です。昨年、其の節にはお世話になりました。今日は、大野木専務に誘われてやってきました、宜しく！」

「はぁい、よくいらっしゃいました、開溝社長さん、私、女将の港悦子《みなとえつこ》です。どうぞ、ゆっくり寛いで下さい。カウンター席で宜しいのですか、大野木専務さん」と。

大野木が椅子にカバンを置きながら、

「えぇ、カウンター席がいいと思いますよ、女将さんとも話すことができるので、いいでしょう！」

そして「開溝社長、今日はゆっくりと雑談でもして飲みましょう、女将さんもネ、一緒に、いいでしょう！」

「はぁい、宜しいですわよ、楽しく飲みましょうね！」

哲二と大野木は、カウンター席に座ってビールを飲み始めた。哲二は久し振りに仕事の話をしないで酒を飲めることを嬉しく思った。

大野木が、ビールを飲みながら、

「開溝社長、今日この店にきたのはですネ、いや、この前、社長と初めて会った日のことですよ。あの日、社長が座敷に上がる際に靴を脱がれて、その脱いだ自分の靴をきちっと揃えて端の方へ置かれましたよネ、そのふるまいを女将さんが見ておられて、その後、私が店を再訪した折、『開溝社長さんは、若いのによく気が付く人ですネ、何かの機会に又ご一緒してもらえませんかネ』と言われまして、お誘いをしたのですよ、ははは……」

「あぁ！　そうでしたか！　私は又、何か悪いことでもしたのかなぁ……と思っていましたよ！」

「いやいや、そんな！　ところで話は変わりますが、社長は、大学はどちらでしたかネ、安友先生は何もおっしゃっていなかったですから！」

「私の出た大学ですか。私は〇〇〇〇大学のⅡ部建設工学・土木学科です。その前に二年間程、〇〇〇専門学校の夜間、土木科を卒業しましたが、名もない学校です。大野木専務や安友先生の出られた一流の国立大学ではありません、私立の三流の夜間大学ですよ」

それを聞いて大野木は、

「えッ、じゃ、専門学校も大学も全て夜間なのですか、いや、いや、それは大変だったでしょうネ」

女将もグラスを傾けながら、

「いやぁ、そうでしたの？　開溝社長さんは！　夜間大学なのですか！　でも大変だったでしょうね、本当に！　昼間働いて、夜学校へ行くということは、私なんか到底できないですわ！」

大野木が、「それで、安友先生とお知り合いになられたのですか？」

「いや、いや、そのことが直接ではないんです。私が以前、勤めていた、ご存じの日洋興産は、ある人の紹介で入社したのです。ですが、私はその時に何の資格も学歴もないものですから、夜は学校へ行かせてもらったという訳ですよ。女将さんも、専務も、夜間の大学は大変だと思われているでしょうが、夜の学校へ行っている本人達は、案外そう自覚する者は少ないと思いますよ、自分でその道を選んで学ぶのですから……」とさらりと言った哲二の顔を二人が驚いて見つめている顔の方が、哲二には不思議であった。

大野木が、感心したように女将に言った。

「社長さんその若さで、やり方、考え方、生き方等々は、基々《もと》の素質のようにお持ちだったのでしょうね！　女将さん！」

「えぇ、そうだと思いますよ、で、なかったら簡単にできるものではないでしょうから、若いのに考え方がしっかりとしているのは、素晴らしいことですもの、好感が持てますわよ！」

　哲二が、「私は人が生きていく中では、多くのことで〝出会い〟という一つの場面が運命のようにあると思っています。たとえばその一つとして、この店に今日来たことも、大野木専務という一人の人間との〝出会い〟が女将さんを紹介してもらってこうしてお酒を飲むことができる――。その場面、場面を作るのは、その人に与えられた道なのだと思います。ですから、私は、妻と出会えたことは非常に大きい運命をもたらしてくれたと！　もしそうでなかったら私は大学への道もなかったと思っています。妻には本当に感謝しています！」

「まぁ、まぁ、本当に御馳走様ですわ！」

　グラスの酒を一口飲んで大野木が、

「でも、社長さんが、そういう考え方になられたのはいつ頃からですか、もう哲学ですね、そう人生哲学ですよ！　宜しかったら聞かせて下さい、ネェ、女将さんも聞きたいでしょう！」

「えぇ、聞きたいですわ、どういう〝出会い〟があったのかを！　でも、ご免なさいね、開溝社長さんの身上調査をしているみたいで……」

哲二は微笑んで、グラスの酒を飲みながら、

「いいえ、大丈夫ですよ。私のような若輩者の経験というか、実体験の話を聞いてもらえるのであれば、本当に嬉しい胸の内ですよ。そうですね、日洋興産に入社した頃からでいいでしょうかネ！」

「ええ、話して下さいよ、社長さん！」と、大野木が楽しそうに言った。

哲二は話を続けた。

「日洋興産に入社した私は、資格も経験もありませんでしたから、配属先は、東京支店の労務安全管理室という部署でした」

「社長さん、その労務安全管理室という部署は、何をするところですか！　人事部、営業部でもないし、何をするところ⁉」と、大野木が隣から口を挟んだ。

「えぇ、どこの会社でもそうと思いますが、特に建設会社の場合、常に現場を持っていますから、絶えず事故が発生するのです。どんなに注意をしていても人間がやっている作業

ですから、起きるのは日常茶飯事なんです。その発生件数を少しでも抑えるために、現場の仕事が安全に施工されているか否かをチェックする部署なのです。

私はその部署におられた一人の人間と出会います。その人は、会社の最高顧問で、今中《いまなか》九一《くいち》という人でした。日洋興産の当時の社長と会社創立以来の友で・会社の土台を創り上げた一人なのです。私はその今中顧問のカバン持ちを仕事として与えられました。顧問はとても芯の強い人で心から優しい人でした。でも私は顧問から一度も『開溝』という名前で呼ばれたことはありませんでした。いつも『苦学生』と呼ばれました。給料が安い苦学生だから、昼飯を奢ってやると、よく寿司屋に連れていってもらったことを覚えています。その今中顧問は口癖のように『社長の為ならいつでも死ねる』という信念を持っておられました。そしてある日のこと、『苦学生に教えておくことがある。手帳を持ってきなさい』と言われ、私に人間の生き方・考え方を教えて下さったのであります。今もこうして手帳に書いて持っています」

と言って、哲二は背広の内ポケットから手帳を出して見せ、そして読みあげた。

その言葉は、

「道を極める――極道《ごくどう》・道を生きる――生道《せいどう》・人間の道――人間道《にんげんどう》の在り方。

人は一つの事を成しえる為に、最大に己《おのれ》の力を使って与えられた生命を尊重し、日々に己《おのれ》を見つめ一生を終える。

生きていく、その日々に、その時々に己《おのれ》を己《おのれ》の鏡として見つめ直し、今の自分を理解し、せしむ力を持つ己《おのれ》の心、この心が自分を超えた世界の入り口である。この精神に日々近づくことができる人間、男、すなわち、道を極める極道であり、生き方をする生道である。根本的に理解できれば、それがすなわち、人間道であり、男である」

哲二は、ここで手帳を閉じ、再び大野木と女将に向き直った。

「私はまだまだ未熟で若輩ですから、今中顧問のこの言葉を大切にして今を生きているんですよ」

女将が、

「素晴らしい言葉ですわ、本当に男の中の男という人物なのね、その顧問さんは！　今中九一さんは！　大野木専務さん！　どう！　すばらしい人との出会いですよね！」と言うと、大野木も、感じ入ったというふうに言葉をつないだ。

「うーん、素晴らしい、人生の手本ですね。当時の昭和、日本男児の中には、このように大和魂《やまとだましい》を持たれた大先輩がおられたのですよネ。開溝社長が羨ましいですよ、貴男は幸せ者ですよ！」

哲二は頷いて、

「そうです、本当にいい人に出会うことができたと思っています。私は〝出会い〟が人の生き方をまで変えて下さると思っていますし、又、その人の道を創るとも思っています」

大野木が、

「社長さん、〝出会い〟のその続きを聞きたいですネ、ぜひ話して下さいよ！」と言い、女将も、

「そう、開溝社長さん、もっと話して下さいませよ！」と。

哲二は、二人の顔を見て頷き、

「その今中顧問との出会いから数年後でした。私は、顧問から土木技術営業部の山川《やまかわ》茂《しげる》という部長を紹介されるのです。山川部長は、顧問が一番信用されていた若い衆の一人と聞いています。頭も良くて、男らしく、芯も強い、私は一目で男惚れしました。山川部長は私を実の弟のように可愛がって下さり、私が夜間大学へ行けるよう部署を替えて下さったのです。

山川部長は当時、技術研究所の安友先生とともに、会社の技術開発面での中枢を担って

おられました。そこで、私は安友先生に紹介していただけて、技術研究所に部署替えをして下さったのです。その関係で安友先生とは今も付き合いが続いているのです。ですから、一つ目の出会いが、二つ目の出会いを、又、三つ目の出会いをというふうに繋がっていくのを私は確信しているのですよ！」

大野木が、

「なるほどね！　開溝社長の人たるものの考え方、作法は、その辺りから芽生えたのでしょうね。それにしても素晴らしい、一《ひと》つひとつの繋がりですね！」

女将も、

「そうですわ！　開溝社長さんの話を聞いているだけでも、私、幸せを感じますわよ！出会いというものは、そう簡単に又馬鹿にするようなものではないんですね、いつも心から大切に思っていないといけないいんですわネ」

大野木が、

「開溝社長、じゃあ、事業を興してからはどうですか？　新しい〝出会い〟は？」

哲二はお酒をグラスに注ぎ、一口飲んだ。

「会社を興すのは私の夢でした。サラリーマンの生活よりも自分で何かをするという方が性格的にも向いていると思っていましたから……」

　女将が微笑んで、

「でも、若いから大変でしょう？　会社をやっていくというのは！」

「そうですね、大変といえば大変です。でも楽しいですよ、夢があるんです、いや夢が持てるんですから！　それで、私が会社を興して最初のビルの一室を借りた、そのビルのオーナーが田部五郎氏といって、そのグループ会社の会長をしておられました。

　田部会長との出会いは、私の事業家を目指す上で大変よい勉強になりました。又、事業家になるという気持ちが真剣に持てるようになったのです。田部会長自らからマンツーマン方式で会社経営という勉強をさせてもらったのです。つい、最近まで、田部会長に『実践経営学』を習っていたのです。約三年間、仕事を終えて夕方の一時間位ですかネー、ほぼ毎日、土・日・祝日以外は、会長の部屋で教えてもらいました。

　田部会長は、戦後、裸一貫で事業を立ち上げて、一代で事業を成功させた一人の大事業家なのです。ですから、田部会長の教えは、教科書や理論ではなく、本当の〝実践経営〟いや、〝実践経営哲学〟といっても過言ではありません。私は本当に感謝をしていますから！」

　それを聞いて、大野木が、

「実践経営哲学ですか！　今の大学では理論ばかり先行しているように思えますよネ。まぁ、私共の会社は理論家の集合体のようなものですよ。でも、私は今日の開溝社長の〝出会い〟の考え方は非常に勉強になりました。大変有り難く思っています。私も大切にして生きてみようと思います、本当に有り難うございました」

「いい人に付いて教えを受けられたのですね。開溝社長さんの人柄がそうさせたのでしょう、本当に嬉しい気持ちになりましたわ。私も開溝社長さんの言われた〝出会い〟という運命を大切にして生きてみますわ。本当に、今日は有り難うございました」

哲二も二人の顔を見ながら、

「今日は私のような人間の話を真剣に聞いてもらって嬉しかったです。あまり他では喋ることは有りませんから――。とても心が晴れるような気持ちです。本当に有り難うございました」

と礼を述べた。

哲二と大野木と女将の三人で談笑して、うまい料理をつまんで、酒を酌み交わして、本当に心の底から感謝の気持ちが湧いてきた一日であった。

翌日から、哲二は東京の新しい事務所で大野木から預かったK市の案件の企業リスト、提案書のチェックに明け暮れた。

（これで準備はできた、あとは古川からの連絡を待ってスタートするだけだ）と、机の上に積まれた書類を見ながら思った。

三月の終り頃であった。古川から電話が掛かってきたのである。

「もしもし、開溝さん、古川です。四月五日（金）に市長を紹介したいと、うちの川原が連絡してほしいと言うので電話を取りました。それと例の案件の資料はできましたか？その資料も一緒に持ってきてほしいとのことです。うちの事務所に来てもらえれば市長のところに同行します、宜しいですか！　四月五日、金曜日ですよ、頼みますよ！」という内容の電話であった。

哲二は、了承の旨を伝え、必ず行くことを約束したのである。

哲二の会社も若い技術者を五名程増員したので、自分の会社、本業の仕事も進めなくてはならなかった。社員全員の力はまだまだ不充分であったが、全員、夜間の学校を卒業してきた苦労人ばかりで、根性は持っている仲間であった。

哲二はこの若い技術者が早く一人前の技術者になってくれるために、彼らと話し合って、哲二の知っている大手のコンサルタント会社と技術出向の契約を結んで出向させたのである。その方が、早く技術を覚えるし、新しい理論・解析も、より早く覚える。コンピューター機器は哲二の会社クラスでは手に入らない高価なものであったため、一早く覚えるためにも、大手コンサルタント会社の力を借りるより手立てはなかったのである。

社員の中でも、大林光雄《おおばやしみつお》・神田修二《かんだしゅうじ》・横田一郎《よこたいちろう》・長野和雄《ながのかずお》・宮中周吾《みやなかしゅうご》の五人は同期で入社した開溝コンサルティングの花形の五人衆であった。彼らは哲二の考えをよく理解してくれて技術の向上に真剣に取り組んでくれていた。

哲二は、K市の案件の話が進むにつれて今までとは何か違う嬉しい気持ちが日を増すごとに強くなっていった。資金繰りがどんなに大変であっても、今をガマンして乗り切れば、秋には夢が大きく開くことばかりを考えていたのであった。借金が増えても、それはあくまでも仮の投資であると己《おのれ》に言い聞かせて、自分の考えを修正しようとは、露ほども考えてはいなかったのである。

四月五日金曜日、K市の市長との面談が実現した。自分が生まれてきて、自分という人間を意識しはじめた頃から考えても、市のトップである市長との面談は初めての機会であった。

K市の市長室で市長である長岡昭治《ながおかしょうじ》に会った。背が高く、がっちりとした体格で、顔も二枚目で、なかなかの好男子であった。

面談は川原の仕切りで進められた。市長室に入ると、大きいソファーにどんと座っている長岡市長に哲二は頭を下げた。

川原が「市長、株式会社開溝コンサルティングの開溝社長です」と紹介すると、市長はソファーから立ち上がって、

「K市長の長岡です。お世話になっています。川原議員から貴男のことはよく聞いています。今日はK市までよくお見えになりました、有り難うネ！」と、大きな手を出して握手を求めた。

哲二も、

「開溝哲二です。宜しくお願いします」と、手を出して握手に応じた。

川原が、

「さっそくですが、時間があまりないとのことですから――市長、例の案件の件で開溝君にお願いしていたものができ上がったとのことです。その説明をさせてもらって良いですか」

長岡市長は、「あぁ、いいですよ、開溝社長、お願いしますネ」と頷いた。

川原議員の「開溝君、始めて下さい！」との声を合図に、哲二は持ってきた大きめのカバンから書類を出した。その厚いファイルに、その場に居た、長岡市長、川原議員、秘書の古川の全員が目が点になった。卓上の資料を指して、哲二は静かに喋り始めた。

「長岡市長、これが今回のプロジェクトに参加する七企業名リスト一覧表です。これが、その各社の会社案内のパンフレットです。これは、事業提案計画書（プロポーザル）の素案書であります」と、ソファーテーブルの上に差し出した。

川原が、

「市長、どうですか、開溝君はまだ若いですがなかなかの者でしょう。この案件の絵図を描いた策士ですよ、ははは……。まぁ、昭和の黒田官兵衛ですかネ！　私も彼の考え方には吃驚していますよ！　市長、どうでしょうか？」

目の前のその厚い提案計画書を、ぱらぱらと捲りながら、長岡市長の目付きが一段と鋭くなっていった。

長岡は哲二の顔を見つめながら、

「開溝社長、あの短期間でこの資料全てを作られたのですか？　それにしても凄い量、又、予想通りですネ！」

哲二は平然とした顔で、

「はい、川原先生から相談を受けて、内容を聞き、今回の案件の絵図を描かせていただきました。私、いや私達のコンサル仲間は、頭脳だけは高いと評価を受けていますから——。全て川原先生の考えられたことをよく理解し、考案させてもらったものです。長岡市長！この企画案で進めて宜しいでしょうか、御判断をお願い申し上げます」

長岡は、大きい目を更に大きくして、

「開溝社長！　進めて下さい。川原議員も了承されていることですから、そうですよネ！川原議員！」と、川原に念を押した。

川原は、

「はい、その通りであります。それと、市長、開溝君には、市長の後援会にも加わってもらおうと思っています。市長選も近いことですから、宜しいですね！」

長岡は哲二の方に向き直って、

「ええ、有り難いことですネ、開溝社長、私は貴男の『力』を借りることを嬉しく思っていますよ」

市長室での面談は四十分程度で終り、川原と古川そして哲二は車で市役所を後にした。

その後、川原の事務所に場所を移して話し合いを持ったのである。

古川が、今後のK市役所の案件の概略日程を哲二に教えてくれた。

「開溝さん、この案件の発注までの概略日程を話しますネ。開溝さんの絵図通り進めますよ。今日、全ての資料を手元に入手したのでありますから、今月中に市の担当課から各社に『提案書』の内通書が郵送されます。その期限は七月末日までとなります。とは言っても、既にほとんどが出来上がっていますので問題はないと思います。それで九月末から十月の初めごろに入札が実行されます。又、この案件の予算の額（発注金額）の決定は九月中旬に、私、古川が電話で開溝さんに教えますので宜しくお願いしますネ。以上の概略日程で進めます。

開溝さん、本当にお疲れ様でした、今日は。それからと、最後になりましたが、市長選のこと、五月に市長選があります。長岡市長の二期目の選挙です。開溝さんも後援会に入られましたので、どうぞ、お力を貸して下さいませ。宜しくお願いします。川原先生、これでいいですか！」

事務所についてから川原は、古川に全てを任せてソファーにどんと座って、古川の説明を黙って聞いて、頷くだけであった。

川原が、

「開溝君、まあ、とにかくよくやってくれた、まずは、お礼を言います」と、哲二に頭を下げた。そして、

「開溝君、市長選はね！　二期目というのが難所なんだよ、初めての方が戦い易い。二期目は、その本人・市長のこの四年間の実績が問われるんですよ。だからネ、根固め！　そう票の根固めが必要なんだ！　開溝君、市長も貴男に力を借りたいという旨を申しておられただろう、その力とは、つまり〝銭《ぜに》〟のことなんだ！　選挙は、何はおいても〝銭〟が掛かるので応援してほしいという意味なんだよ！　お解りですよね！」と。

哲二は心の中で、（それ位は百も、いや万も承知よ、あんたらが政治という言葉の上に胡座《あぐら》をかいているのは、つまりが〝権力〟と〝銭〟の亡者だからさ！　あたり前のことだ

ろうが、さぁさぁ、いくら用意すればいいんだ！）と叫んだ。

すると、古川が、「開溝さん！　このぐらい！」といって、手の指を二本立てて見せた。

哲二は即座に川原の顔を真剣な顔つきで見つめ、口を開いた。

「川原先生、大丈夫です、よく解っております。用意ができましたら古川君に連絡を入れて私の東京の事務所に来てもらいますから――。それとですネ、川原先生！　市長選が終ってからでの話ですけど、この案件の最終調整として、九月の始めごろ、東京のある所で川原先生、市長、古川君と私が出席して、幹事会社阪神技術総合コンサルタントの会社の役員と会食を設定させてもらえませんか！」

川原は、

「開溝君、いいですよ、任せておいて下さい。日付が決まれば、市長に話を付けて出席させますから、今日の面談で貴男は、もう我々の同志なんだから、任せて下さい！」

と頷いた。

哲二はK市の川原事務所を出て、自分の東京の事務所に帰る電車の中で考えていた。

（うーん、選挙資金二千万円か！　それにしても政治家というのは金がかかるペットだよ、いくら私から金を取ろうというのだ。まぁ、しょうがないか！　それもあと数ヵ月の我慢だ！　それよりも四月中って、今月中にか！　二千万円！　大きい金額だが、どの銀行から……A銀行、B銀行、C銀行、D銀行！　どう銭を引き出すのか！　どう策略を考えればいいんだ！　これは本当に難しいぞ！）

そう何度も、何度も心の中で繰り返したのである。

翌日から哲二は銀行廻りを始めた。しかし、銀行側もしぶとく、数日間を要した。その合間を縫って、哲二は悪いと思いながら嘘の事業計画書を作成した。完全な嘘ではなくても、事業家を目指す人間がやるべきことでは決してないことを知った上での作成だった。どうしてもK市の案件を成功させる為には今、必要なものは〝銭〟なのである。しかし、ほとんどの取引銀行の借入金は限度ぎりぎりの状態であった。哲二は粘り腰で、その場を凌ぎ、B銀行、D銀行からそれぞれ一千万円ずつ、計二千万円を引き出すことに成功した。

古川に電話を入れたのは四月の終わりに近かった。

入札の裏切り

哲二の東京の事務所で古川は、黒いカバンに現金を詰めながら、

「開溝さん、大変だったでしょう、銭をつくるのに！　心中察しますよ！　でももう少しで花が咲きますから、もう少しの我慢ですよ、もう少しの！」

哲二は心の中で呟いた。

（何が心中察するだ！　馬鹿野郎めが、清い選挙だ、誠実な人間だ！　聞いて呆れるよ！　でも必ず！　その倍、否その三倍、否その四倍の銭を取り戻すぞ！）

それから二日位経って、哲二の会社にもＫ市の契約課から内通書が郵送された。

（いよいよ、本番の開始か、あとは発注金額の決定をまてば全てが完了するのだ）と、哲二の心は踊っていた。

Ｋ市の市長選挙が始まり、哲二も応援に駆け付けたのである。五月は市長選の手伝いで、ほとんど毎日のようにＫ市に来ることが多くなっていた。

哲二にとっても、市長選挙を身近で感じ、その全ての動向を見られることは大変勉強に

なった。政治という異種の考え方を自分で行動し携わったのは、生きてきた三十一年間で初めてのことであったのである。

古川も日々、忙しそうに応援を手伝っていた。選挙の凄さを目の前で見られることは、哲二のように事業家を目指す人間には、何が必要で何が不必要かを判断する力を付けさせてくれるような気がしたのである。

市長選挙の投開票が五月の終りの日曜日に実施された。現市長・長岡昭治は圧倒的な強さで、大差をつけて二期目の市長の座を勝ち取った。

その祝勝会の席で、長岡は哲二の側に来て、あの大きい手で哲二の両手を掴んで「開溝社長、応援ありがとう、感謝をしますよ！」と、強く握り締めたのであった。

哲二がK市の案件の仕事に力を注いでいる間に、哲二の会社本体にも大きな影を落とし始めていた。この数ヵ月間、哲二はK市の案件の仕事と川原との私的な付き合いで、自分の仕事を進めることがほとんどできなかった。それでも、哲二は、（あと数ヵ月だ、あと数ヵ月の辛抱だ）と、思いを募らせていたのである。

しかし、現状は大変であった。借りている事務所の代金の支払いも、その他の会社の経費の支払いも滞り始めていた。

哲二は何があっても諦めない強い精神の持ち主ではあったが、その資金繰りは苦渋の日々であった。

仕事は相変わらず、大手ゼネコン、大手コンサルタントの下請けが主であった。その仕事をこなすのは哲二本人がやらなくてはならなかったのである。若い社員の技術では無理であった。そのため、取ってきた仕事を、K市の案件で動いていた数ヵ月間は、ほとんどを知り合いの協力会社に流してやってもらうという状況であった。その協力会社に頼んだ仕事分の支払いも遅れがちになっていった。


季節は初夏、七月を迎えた。

哲二は、開溝コンサルティングとして、K市に提出する「事業計画提案書」(プロポーザル)の作成を急いだ。原案は、大野木専務からいただいた阪神技術総合コンサルタントの素案資料があったため、それ程の日数を掛けなくてもでき上がり、それをK市に提出した。

これでK市の案件の「力仕事」は一応終了である。哲二は安堵した。

哲二は会社を立て直すために、現在、在籍する若き技術社員五人に、この七月末日で退社してもらうことを考えた。

辞めてもらう五人の社員の将来を考えて、社員一人ずつ、哲二の知り合いの会社に頼んで社員として引き取ってもらう方向で動いたのである。哲二は選定した会社の社長と話し合った。相手の社長も哲二の苦況を解ってくれて、八月からの入社を許してくれたのである。

若き五人の社員は会社を替わることに何も文句を言わず了承してくれた。〝社長の考え方に従う〟という信念は、本当に嬉しかった。哲二は自分の経営者としての力不足を強く認識したのであった。又、出向技術者五人衆は、そのまま出向を続けてくれれば、負担は少なく、その上技術者として一人前に成長してくれれば、哲二の望んでいたことになるのであった。

哲二の会社の経営に於ける大きな問題は、会社を興してからの累積赤字と協力会社への支払い分が相当の金額で滞っている事実であった。

大手ゼネコン、大手コンサルタントの仕事を受注してこなすことをいくら増しても、下請けの受注の仕事では〝利〟が少ないことは会社を興して以来、哲二の頭を痛めている原点であった。このやり方を変える為に、K市に力を借してK市の仕事を元請けとして受注するという考えは正道なのだと哲二は信じていた。

哲二はその為にも、この数ヵ月間、K市の市長や市会議員に対して、自分の会社の身の丈以上の投資をした。そのツケが今の現状を生んでいることもよく理解していたのである。

（だから、K市から今は手を引くことはできない、何があってもK市を離すことは会社の存続を諦めることになるんだ）と考えていた。

哲二は、この負のスパイラルをどう改革することが妥当なのか日々思案に暮れていたのである。

季節の流れが速いのか、銭のない会社の月末が早く来るのか、哲二にとっての苦渋の時は、まだまだ続いていた。

（もう、秋になったか！）と事務所の窓から見える外の景色で季節の変り目を感じていた。

（いよいよ、来るぞ、待っていた日が！）と心の中は嬉しさで一杯であった。

そんな九月の初旬のこと。古川が東京の哲二の事務所に顔を出したのである。

「今日《こんにち》は、開溝さん！　元気にしてますか！　今日はね、い、い、いよいよの話があってお邪魔しましたよ！」と、笑顔で事務所に入ってきた。

「やぁ、古川君、いらっしゃい！　どうしたの！　まだ、まだと思っていたのに！　例の案件のことは！」と哲二は応対した。

古川が、

「そうなんです！　開溝さん、市の方で発注金額が決定したと暗通の連絡が入りましたので、うちの川原が、早急に開溝君に知らせて、最終仕上げに入ってほしい、と言うもので、私が自らお知らせに参上した次第でございます」と、馬鹿丁寧に喋る古川を見て、哲二は、

「えッ、そうなんだ！　決定したんだ！　よぉッしゃぁー！　やるぞ！」

と大声を張り上げた。古川は、哲二の机の前に座って白い紙を拡げて、背広の内ポケットから手帳を取り出して、決定した数字を紙に写し書きを始めたのである。

その金額を哲二は、古川の書く数字を追いながら読んでいった。

「古川君、一億一千三百八十万円！　ですか！」

「はい、そうです、開溝さん、決定した市の発注全額です。宜《よろ》しいですね！」と、古川は念を押すように！

「解りました、古川君、これでこの案件の総仕上げに掛かりますよ！」

古川が、

「開溝さん、本当にご苦労様でしたね！　でも貴男は凄い人だ！　私は貴男を頼って選んだことを良かったと心底、思っていますよ！」と、満面の笑顔で言った。

哲二は、間を置かずに、

「それじゃ！　入札日も決まっているのですね！」と、畳み掛けた。

「ええ！　勿論です、入札日はですネ！」と、又、手帳を出して、いちいち確認しながら古川は、

「十月四日、月曜日の十時三十分からです。今月九月中旬に、企業リスト名の会社、七社に市の担当課から『入札参加通知書』が郵送されると思います。それで入札が決定です、本当に良かったですね、開溝さん！　くれぐれも、最終の仕上げ、注意をされてやって下さいネ」

「はい、よく解っていますよ、古川君。それで、私が川原先生にお願いしていた幹事会社の阪神技術総合コンサルタントとの会食の件はどうでしょうか？」

「ええ、その件は大丈夫です。今日、開溝さんの事務所に来る前に、日本橋の割烹『辰《たつ》吉《よし》』という店に寄って予約を決めてきました。その日時は、九月二十四日十七時三十分か

らということで、開溝さんに悪いと思ったのですが、でしゃばって勝手に！　でも、川原が、もう、市長と話を付けて日時を決めたものですから！

すみません、先方（幹事会社）とはうまく話を決めて下さいね！」

哲二は、古川の手際のよさに驚いた。

「あぁ！　いやッ！　古川君、早いね、やることが！　解りました。了解しましたよ」

二人の間で暫く沈黙の時が流れた。その沈黙を破ったのは古川だった。

「開溝さん、どうですか、会社の現況は？　開溝さん自身のこの会社ですよ、今後の展開をどう考えられておられるのですか？……いやぁ！　うちの川原が『開溝君の会社をもっと活躍させてあげないといけないネ』と又『開溝君の意見をよく聞いておいてくれ』とも言われたのですよ！　何でも言って下さいネ！」

哲二は、（それ！　それなのだ！　待っていたよ！　この私が長い間〝苦〟を進んで引き受けてやってきたのは！　あぁ！　やってもらいますとも、十二分にね！）と心の中で叫んだ。

「古川君、有り難うね、川原先生にも、お礼を言っておいて下さいよ！　今回の案件では、私の会社は単にデビューをしただけなのですから！　勝手で、時期尚早と言われるかも知れませんが、もし、できることなら今年の十一月頃からK市の仕事を仕組んでもらいたいと思っているのですが、指名入札ではなくて、各部署から随意契約で仕事の発注を決めてもらえませんか！　契約金も、一件あたり五百万から一千万円ぐらいで！　他のコンサルタント会社に、余り目立たぬように仕組んでもらって、私は、K市の頭脳になりたいんです！」

古川は、眉間に皺を寄せて考え込んでいるような振りをして、少し時間を置いて、

「開溝さん、大丈夫です、約束をしますよ、私もできる限りの応援をさせてもらいますよ、御安心下さい。開溝さんは、もう表も裏も私達と同志なのですから、この話は川原も市長も、とっくに承知の上のことですから、まぁ、安心して下さい！」と返事をした。

哲二は心から、

「有り難う、古川君！　必ず仕事で評価を示しますから！」と、笑顔で応対した。

（よぉーし、これで俺の夢がK市からスタートするぞ！　今に見てろよ！）と心の中で誓うのであった。

大野木専務に連絡が取れたのは、その日の夕方であった。そして電話が掛かってきた。

「もしもし、開溝社長、大野木です。新宿の店以来ですネ、お元気ですか！　それで案件、動きが有ったのですネ、そうですか！　えぇ、発注金額が決まったのですか！　いくら？　えッ、一億一千三百八十万円ですか！　それは大きい。はぁい！　解りましたよ、私が至急、今回の他の五社に連絡を取って入札の札《ふだ》の金額を決定するように手配しますよ。えッ、入札日も？　はい、ちょっと待って下さいよ！　十月四日月曜日、午前十時三十分開始ですね。はぁい、了解です。それで先の件は少し時間を下さいませ、明朝の九時までにファックスしますから！　大事な内容なので開溝社長が出社される時間に合わせますから！じゃ、取りあえず、宜しくお願いしますネ！」と。

あっという間に、大野木との電話打合わせを終え、哲二は体中から熱い闘志が湧いていることを肌で感じた。

（こんな感情は初めてだ、本当に嬉しい！　俺は今、漸《よう》く陽の光を浴びることができる人間になったんだ！　哲二よ！　よくやった、じゃがな！　最後の詰めはきっちりとやれよ！己《おのれ》自身が作った絵図だからな！）と、席について窓から外を眺めながら一人、思ったのである。

翌朝、普段の出社時間より早目に事務所に入った。昨日、大野木が電話で話していたように『大事な内容』のファックスである為、用心に用心を重ねてのことであった。

時計の針が朝九時を指したと同時に「ガチャ」とファックスの機械のスイッチが「ON」になって一枚のファックス用紙が流れてきた。哲二はその紙を手に取って席についた。そして電話を取ったのである。

「もしもし、大野木専務、お早うございます、開溝です。昨日は、どうも。今、ファックスが届きましたので確認の電話を差し上げました、はい、どうも……」

「開溝社長、お早うございます。見ておられますね、そう、ファックスを！　ええ、七社の各々の入札金額が一覧になっていますでしょう。そう、自分の会社の入札《いれふだ》の金額の場所が赤く囲んであると思います。そうです、その金額が各々の会社の入札金額です。それを間違えないで下さいよ！　各社にファックスしてありますから、じゃあ、読みますよ、確認して下さい。

一番札《ふだ》は、私共の会社、阪神技術総合コンサルタント、二番札はC社、三番札は開溝社長の会社、開溝コンサルティング、四番札はD社、五番札はE社、六番札F社、七番札はG社の通りです、以上。確認されましたネ！　あぁ、それと開溝社長、そのファックス用紙は談合の重要な証拠となりますから必ず破棄して下さいね、宜しいですね！」

哲二は、

「大野木専務、どうも、どうも、大変な役を受けてもらい、有り難うございます。それとですネ、急なことで申し訳ありませんが、K市の市長と議員とを入れての会食が開かれることになりました。K市側の勝手な都合なんですが。今月の、えぇ、九月二十四日、そうです、九月二十四日金曜日の十七時三十分からです。えぇ、場所ですが、場所は、日本橋の割烹『辰吉』です。地図は後でファックスしておきます。急な話ですが、申し訳ございません。が、何とか都合を付けてもらって出席して下さいませんか、えぇ、本当にすみませんネ。まぁ、役員様の二名から三名位の参加は是非ともお願いしますね。はい、そうですか、それでは又、失礼します。呉々も宜しくお願いします」と伝えた。

電話を切って、哲二は大きく「ふぅー」と息を吹いて椅子に凭れた。この数日間の流れは凄い速さの流れであった。この速い流れが哲二の動きを更に活発にするのであった。

まるで、……水を得た魚のように……

＊＊＊＊＊

哲二は古川との話から、Ｋ市の受注の有無を確認した強みが、己《おのれ》自身に余裕を与えてくれた気がしたのである。

（よぉーし、今なら協力会社と話が進められる！　今までの仕事の未払い分のことを！ここでやっておかないと間に合わなくなるぞ！）と心の中で呟いた。

哲二は、協力会社に電話を入れ、この九月の中旬に打合わせをしたい旨を伝える。

会社を興して以来の付き合いの会社は全てで十三社程あった。でも会社という名は付いているが、多くの会社が社員二人～三人の家内手工業のような規模で、特別優れた技術を要する社員を抱えている訳ではなかった。哲二が一人で、大手ゼネコン・大手コンサルタントから仕事をもらってこないと、自分達だけで営業をやって仕事を持ってくる力はなかったのである。

哲二と協力会社とは運命共同体のような関係であると思っていた。だから今までの支払い分が滞っていたのも、お互いが、お互いで、互助の精神で繋がっていたのであった。

九月の中旬に哲二の事務所に協力会社の社長が十三人集まった。彼らとの付き合いは、もう五年目になっていた。各社の社長の性格も充分に哲二は把握していたのである。

仕事を頼んだ協力会社の今までの未払い分を一社ずつ検討してみると、哲二は驚くぐらい残債があることに気がついた。それも毎月、月末に支払う金を、払っていたり、払っていなかったりと、この一年間はまともなやり方ではなかったことが判明するのであった。

しかも、哲二自身がK市の案件で飛び回っている間、協力会社のほとんどが仕事を進めていない現状であった。哲二は、各々の会社に今月末、来月末の支払いが、自分の会社の資金繰りが非常に難しいため、支払いを延ばしてほしい旨を説明したのであった。各会社の社長は、哲二を信用しているけれど、手形でもいいから支払う意志がある形が欲しいという意見であった。

哲二は、十二月の末までには一括で現金で支払う旨を何度も話したのであるが、理解をしてもらえず、手形での支払いを強く要望してきたのである。

哲二はK市の元請け受注の可能性の話は一切することはなかった。協力会社の社長を信じていないのではなく、信じていればこそ、事実が今、実証されない架空の現状を話したとしても、彼らは理解することはできないだろうし、又、案件の内容が他人に洩れる恐れがあるからであった。

哲二は、協力会社の社長達と何としてもうまく折り合う道を模索したのである。その結果、九月の末日に振り出した手形のサイトは三ヵ月、九十日サイトの約束手形であった。

（……ということは、支払いは十二月の末日か！）と心で呟いた。

哲二と協力会社の社長達は、信用という糸で結ばれていた。お互いが〝信じる〟ということだけで、その手形を、銀行に持ち込まない、他人に譲らない、町金融で割らないという条件は暗黙のうちに了承されていたのである。

哲二が、その日、協力会社に切った手形は、総額で約五千万円にのぼった。

哲二は、協力会社の社長十三人と打合わせを終えて全員が事務所を退所したあと、一人、事務所の机に向かって考えていた。

（手形は切るな！　受け取るな！　そう田部会長から実践経営哲学で学んできたはずなのに！　俺はその事実を、今、破って手形を切った！　お前さん、大丈夫かい！　いや、大丈夫だ！　俺は、あと一ヵ月で頂点に立つ人間だ！　その事実に関しては、一点の疑いも持っていない！　だから大丈夫なのだ！）

と、哲二の心の中は、逆に浮かれた気分であった。

K市の案件を進めていく過程、人生でこれほど順調に進んで良いのかと自分で思えるぐらい、全ての話がスムーズに運ぶ流れに於いて、哲二は全ての事柄を陽気に捉えていたのである。

遂に待っていた九月二十四日となった。

日本橋の割烹『辰吉』の離れの一室で、古川が、場の進行役を務めた。古川は機転の利く男である。そうでなくては、議員の秘書は務まるわけがないと常々、哲二は思っていた。

割烹の入口の「本日の御利用者」の看板には「俳句の仲間の会」（幹事・古川）と標目がされていた。

（何が俳句だ！　まったく笑ってしまう！）と、哲二は思った。

割烹『辰吉』の離れの和室の部屋の中にはK市側から長岡昭治市長・川原市議会議員・秘書の古川、そして、幹事会社、阪神技術総合コンサルタント側からは、矢口正夫《やぐちまさお》専務取締役・大野木好夫専務取締役・木川誠二《きがわせいじ》常務取締役・前川明夫《まえかわあきお》営業部長そして、開溝コンサルティング社長の哲二、八名が出席して、卓を中心に向かい合って座していたのである。

全ての進行は秘書の「古川」によって段取られたのである。古川が、

「それでは、私、古川が進行役として話を進めさせてもらいます。

もう既にお互いの名刺交換は済んでおられますから、これからは、卓上の美味しい料理、

そしてお酒等をご自由に召し上がって下さい、あとは宜しくお願い申し上げます」と、その場をうまく盛り上げて談笑が進むような雰囲気を作り上げていった。

長岡市長は最近の市の行政のいろいろな諸問題を提起して、世論の考え、意見、そしてコンサルタントの学識の考え方等を卓論の議題にされて談笑は続いた。

幹事会社の矢口専務も、最近の都市開発の問題点、又行政の新しい取り組み方等の意見を述べながら談笑したのであった。大野木専務も、専門の〝環境〟の問題を提起して、これからの市の行政の指導の在り方等について意見を述べながら談笑した。

会食終盤に入り、川原議員が、

「まぁ！　何と言っても、今回の案件で開溝君の〝絵図〟には吃驚しましたなぁ！　私も、長岡市長も開溝君が我々の同志で良かった。開溝君を敵にまわすということは、死ぬということだなぁ、と！　この若き策士、開溝君に乾杯！」と、哲二のことを出席者全員にアピールしたのであった。大野木もそれに加えるように、

「私も開溝社長の生き方・考え方に好感を持ちましてネ、今回の〝案件〟の素案作成に助力できましたことを嬉しく思っています。今後共、皆様宜しくお願いいたします」と、長岡市長・川原、古川に対して深く頭を下げたのである。

会食会は九十分の予定であった。閉会近くなると、古川が、『辰吉』を出ていく時の注意点や、周りの多くの目があることに細心の気くばりをするように小声で指示したのである。

会食、いや『俳句の仲間の会』は、無事終了したのであった。

哲二は一人、東京の事務所で小学生の頃を思い出していた。学校で遠足の日が決まると毎日のように早くその日が来ないか、来ないかと、日を数えて待っていた、踊るような嬉しい気持ち、今の哲二は、そんな時の気持ちで、日々、思案していたのである。

電話が鳴った。

「もしもし、はい、開溝コンサルティングです」

電話の相手は、大野木からであった。

「もしもし、開溝社長！　先だっては、大変ご苦労様でした。我が社の矢口も、木川も、前川も、本当に吃驚していましたよ！　開溝社長が、その若さで堂々とあの〝絵図〟を作られたこと、又、相手の市長や議員さんの厚い信頼を受けている貴男の姿を！

あの後、三人で一杯飲みましてネ、ええ、開溝社長の話題ばかりでしたよ！　そうです、それで今日の電話の要件はですネ、K市の入札日のことなんですが、ええ、私ネ、丁度、九州方面の出張が入っていましてネ、私は入札日に行けませんが、私共の、そう、この前、ご一緒しました前川が代理で行きますので、大変申し訳ありませんが、宜しくお願いしますネ！　そのことを伝えたくて！　開溝社長！　あと数日ですネ、楽しみにしていますよ！又、会って一杯やりましょう！」

と言って電話を切った。

哲二は、（あと数日か、そう、あと数日なんだ！）と心の中で呟いた、その時、又電話が鳴った。

「もし、もし、開溝さん、開溝コンサルティングです」

古川からだった。

「はぁい！　開溝さん！　古川です。先日は大変有り難うございました。それに帰りには、〝土産〟まで持たせてもらって、ねぇ、あれは開溝さんの仕組みでしょう？　うちの川原が、さすが、開溝君は気が付く男だ！　と、車の中で市長と話をして居ましたよ！　有り難うございます。

川原が、くれぐれも宜しく言ってくれと申していましたから！　開溝さん！　いよいよですね！〝絵図〟の御褒美がいただける日が近付きましたネ。じゃあ、楽しみに！　宜しく！」と伝えてきたのである。

その頃の哲二の心は、自分で考えられない程、いや、自分で言葉にならないほど浮わついていたのであろうか！

（山の頂上を目指して、俺は今、登っているんだ、そしてその頂上を征服するのは時間の問題だ！　どうだ見ていろ！　俺は勝者だ、はははは！）と、心の中で高らかに笑っていた。

東京の事務所で、哲二は十月四日の入札提出の全ての書類を入念にチェックしてカバンの中に入れた。

明後日の入札が実施されるK市は哲二の自宅からの方が近い距離であった。哲二は前々日の夕方には自分の家に帰宅していた。

妻、涼子、長男、琉一郎、長女、麻美との家族四人での夕食は久し振りのことであった。

琉一郎と麻美は、父親の哲二と戯れる時間は哲二が事業を興してからは、ほとんどなかった。哲二が家に帰宅する時刻は遅く、日々、深夜で、朝は早く出勤していたためである。久し振りに会う子供達二人は、哲二の膝の上に上がって、体中でのスキンシップを嬉しがっていた。哲二もいつもの仕事をしている時の哲二ではなく、父親として本当に心の底から幸せを感じていたのである。その父と子供の姿をそばで見ている妻、涼子は安心して笑顔で夕食を準備したのである。

哲二は、（何があっても、この家族を守ってやる、そして幸せにしてやるからな！）と心の中で誓った。

いよいよである。

十月四日（月）の朝、哲二は、涼子が用意してくれた。背広の上下・ワイシャツ・ネクタイで身を整え、時間を見て家を出た。

一昨日、家に帰ってから、涼子には、この〝実体〟いや、自分の事業の内容は一切喋ってはいない。

哲二の独特の考え方を、涼子は結婚して以来、よく理解していたのであった。それが、妻としての涼子の誇りだったのかもしれなかった。

哲二は、午前十時十五分にはK市役所の一階のロビーに着いていた。

（いよいよ来たんだ今日という日が！　落ち着いて行動をしろよ！）

と、心の中で、昂《たかぶ》る気持ちを抑え込んだ。

哲二は、十時二十五分、入札開始五分前に指定された市役所の部屋へ入室した。既に入札に参加する企業のほとんどの営業担当の社員が黙して椅子に座っていた。哲二も空いている椅子に座した。

それから五分間が経ったであろうか。市の相当係員が何か前の席の方で騒ついている様子が窺《うかが》えたのである。

哲二は（何かあったのか！　どうしたんだ！　何だ！）と目を部屋全体に配った。

（そう言えば！　阪神技術総合コンサルタントの前川営業本部長の姿が見えないなぁ！　どうしたんだ！　おかしいぞ！　えッ、何で！）と思った。

その時、哲二は腕時計に目をやった。針は午前十時三十五分を回っていた。

市の入札担当係長が、前側の席から業者側に向かって、

「本日の入札で、十時三十分開始の入札ですが、一社、阪神技術総合コンサルタントさんが、定刻の時間を過ぎても入室がありませんので「失格」とします。それで今、打合わせ

を進めまして、残りの七社の会社で入札を開始します。会社名を呼ばれたら順次、入札書を入札箱の中に入れて下さい。それでは、B社さん、C社さん、D社さん、E社さん、F社さん、G社さん、H社さん」と……。

哲二は何が起こったのか、全く見当がつかなかった。入札は規定通りのやり方で単々と進められていった。

入札箱が開かれる。開札され、入札金額が読みあげられ、B社が『一億一千三百三十万円』で落札したのである。

（幹事会社の阪神技術総合コンサルタントは、何てことをやってくれたんだ！　何故だ！何故だ）

と心の中で大声で叫び、哲二は入札室で呆然と立ち上がったままであった。

＊＊＊＊＊

東京の哲二の事務所で、哲二はけたたましい電話のベルで自分を少し取り戻し、電話を取った。

「川原議員」の怒鳴り声で、

「何ていうことをしてくれたんだ！　開溝君！　ワシも市長も何も関係ないことだからネ！　君との関係も今日で終りだ！　全て解ってるネ、いいネ！」

そして「ガチャ」と叩き付けるように電話を切られた。

それでも哲二は、

「……先生、ちょっと待って……」

電話は二度と繋がらなかった。

哲二は横になってソファーの上で寝ていたのであろうか！　今の自分自身が解らない状態であった。その怠《だる》い体を起してソファーの上に座り込む。

(今、何時だ？)

壁の時計は十五時を指していた。

(俺はどうしてここに居るのか！　どうしたんだ！)

頭の中が、靄《もや》で真白くなり、何も思い出せない自分が今、ここに居る。哲二は、K市役所から、どうやって、どのルートで事務所に戻ってきたのであろうか！

(俺はどうした！　俺は？……)

哲二は怠い体を立ち上げて、事務所のキッチンに向かって歩き、キッチンの水道の蛇口を捻り、水を出した。その水を両手で受けて、顔と頭を何度も何度も洗った。そして眼を覚まさせた、己《おのれ》自身を！

そして、哲二は自分の机に手をついて、どかっと椅子に倒れ込むように腰を下ろした。

そして、今日の一日の経緯をしっかりと思い出すことを試みたのであった。

あの案件の入札後、K市役所を出たのが、確か、十時五十分？　そして歩き続けた記憶が蘇ってきた。

哲二――三十一歳と四ヶ月の時である。

（俺は、多分、K市役所から夢遊病者の人間の姿で、道路を歩き、電車に乗って、独りごとを言い、何とか、東京の事務所に辿《たど》り着いたのであろう。だから、事務所で電話の音に気が付くまで眠り病にかかったように夢を見ていたのであろうか！

そうだ！　夢を見た。

生まれ育った、あの田舎の村の風景を！

澄んだ、清い谷川の流れ！　多くの緑の木々が繁った山々！　懐かしい景色の中で谷川に入って裸で魚を捕る自分のガキの頃の姿！

親父、お袋、祖母の元気な頃の笑顔の姿をはっきり見た。そして、全員が哲二に向かって「おい！　哲二、しっかり生きんしゃい！　頑張って偉くなりんしゃい！」と手を振っている姿を！

そして妻の優しい笑顔、子供達二人の元気で遊んでいる姿を！

この俺はたった一日で天国から地獄か、地獄変相《じごくへんそう》を見たのか！

おぅ、おぅ、何だ！　畜生め！

この開溝哲二を嵌《は》めたな！　何のために！　何故に！　誰なのか！）と。

哲二の頭の中で、凄く速い流れで暗雲《あんうん》が湧き、晴天《せいてん》が消えていく、哲二は机の上に頭を凭れたのであった。

と、その時、又、電話がけたたましく鳴ったのである。相手は古川からであった。

「開溝さん！　ようやってくれましたネ！　貴男ほどの男が！　こんな下手を打って！　えッ、何が策士だ！　阿呆か！　ちょっと、開溝さん！　聞いているんですか！　開溝さん！」と。

哲二は、黙っていた。一言も喋らなかった。そして受話器を置いたのである。

哲二は自分の机の上に頭を付けて、眠り病になったように、

（休みたいんだ……今は少しだけでも……今は……）と、うつらうつらと、又、別の世界に突入していった。

何十分、いや何時間経ったであろうか？　哲二は机の上で目を覚ました。壁の時計は十八時三十分を指していた。哲二は立ち上がってふらつきながら事務所の窓のブラインドを全て下ろした。その上、事務所入口も中からロックした。そして、事務所の状態を全てシャットアウトした。

哲二は気力を振り絞って、妻、涼子に電話を入れたのである。今日から二、三日は仕事の詰めがあって東京の事務所に泊まるから何も心配をしないで欲しいとの旨を伝えたのであった。

涼子は、本当に芯の強い女性である。その上、哲二の最強の味方であり、いつも哲二を支えてくれる良妻賢母の女性であった。

「何も心配されず、貴男の思ったことをやって下さい。それが貴男という男の生き方でしょう。ただ、体だけは注意して、それだけは約束してほしい」という内容の返事をした。

哲二は、今から俺が己《おのれ》の道を見極めるまではこの会社の電話は一切受けないと俺自身に決めつけたのである。

兎にも角にも、哲二は今は疲れた体・頭を休めたいと思った。幸い、事務所の冷蔵庫の中には、何日分かの食べ物もあるし、飲み物（酒類）も充分であった。哲二は酒とつまみを持ってソファーの椅子に座った。独りでグラスに酒を注いで、一気に飲むといろいろなことが思い浮かんでくるのであった。

数杯呷《あお》って、ソファーに横になり目を閉じた。うつらうつらとしながらも頭の中は冴え渡る。

哲二は、今は体を充分に休めて、その先に進むべきだと眠ることに専念しようと必死であった。

人間の心の疲れは、体力の疲れよりも始末が悪い。しかし、今は自分で自分をコントロールするしかない。今は……。

＊＊＊＊＊

ブラインドの隙間から太陽の光が差し込んで顔に当たっているのを感じ、哲二は目を開けた。

（今、何時ごろだ？）と、壁の時計に目をやった。

（朝の八時か？　随分、長い時間、寝ていたんだな！　でも夢ばっかり見ていたような気がする？）

……そう嫌な夢、悪夢か！……

夢の端々が目の前に浮かんでくる。

（田舎の村で貧乏な生活をしていた子供の頃……囲炉裏の端で家族全員が麦飯を食べている。苦虫を噛みつぶしたような顔の親父が目だけギョロつかせて、鬼のような顔で哲二をじっと見つめている姿……。

……寒い冬、空は灰色、一寸先も見えない猛吹雪の中、家に向かって荷物を背負って歩く哲二の顎が吹雪で凍って雪道の足元しか見ることができない姿……。

……秋の稲刈の日の後作業、晩秋の日が暮れて、満月の月の明かりで落とした稲穂を黙々と拾い集めているお袋と哲二の姿……）

そして場面が変わった。

（緑色で濃い青色がかった池に哲二が吸い込まれていく姿、深くて底の見えない池、その池の周りに、川原議員・長岡市長・秘書の古川・矢口専務・木川常務・前川部長達が立って、一斉に大声を出して叫んでいる。

「馬鹿《ばか》！」「裏《うら》切《ぎ》り者《もの》！」「間《ま》抜《ぬ》け！」「厄介者《やっかいもの》！」「貧乏者《びんぼうもの》！」「死《し》ね！」「恥曝《はじさら》し！」「何《なに》が諸刃《もろは》だ！」「何《なに》が策士《さくし》だ！」……）

（アァッ――助けてくれ！

俺が何をしたと言うんだ！

俺は何もしていない、俺は！　おぉーい！）

哲二は、ソファーから体を起こした。現実の事象と夢の虚実、心の中では全て夢であってほしいと願っていたのである。

しかし、立ち上がって机上に置かれた書類、無造作に投げ出されたカバンを見ると、いやでも現実として認めなければならなかった。哲二の腹の中は、〝怒り〟が爆発し、煮え繰り返り、「何故だ」という言葉しか浮かんでこない。それでも昨日までの出来事が、時間と共に、明確に、哲二の頭の中で整理され始めた。

哲二は、この案件の不祥事を一つの不慮の事故として分析しなければならないと思った。それは己《おのれ》のこれからの道を選定する大きい要素に当たると判断したからである。

それでも〝怒り〟は収まらない。〝怒り〟と〝悔しさ〟は……。

人間というものは、想像に絶する窮地に追い込まれると、〝窮鼠《きゅうそ》猫《ねこ》を噛《か》む〟という諺のように、とんでもない面を見せる。一人の人間としての「普通の人」と「普通ならざる人」の違いであろうか。

哲二は以前、読んだ書籍の中に、「普通の人間は服従の生活を送るべきであり法を犯す権利なんか持っていない……それが普通の人間。普通ならざる人間は、普通人でないというただそれだけの理由であらゆる犯罪を遂行し、あらゆる法を踏みにじる権利を持つ人間……」と、記述されていたことを想い出していた。

哲二は、今、自分が考えていることは何であるのかと、己《おのれ》の心の中で分析を進めていく。この案件に関係した人間、哲二以外の七人で、哲二が書き上げた〝絵図〟を消す行動をする人間はいるのか！　一人一人について。

(長岡昭治市長……もう既に、数千万円の現金を自分の懐に入れている。その上今後も哲

二の〝力〟は必要なはずだ――無罪）

（川原洋一郎市議会議員……この〝絵図〟を哲二に描かせた張本人、既に現金を懐に数千万円、又、この案件成立でそれ以上の金を懐に入れることが可能である。裏切ることは一〇〇％しない――無罪）

（秘書・古川善彦……川原議員の金魚の糞。既に相当の現金を廻してもらっている。裏切り行為をする度胸も持っていない――無罪）

（大野木好夫専務……哲二に紹介した人間が学会の仲間、安友先生なのだ。裏切れば、安友先生との繋がりで学会の世界では生きられない。又今回の案件の仕事受注の面でもプラスの利が多い、馬鹿なまねはしないはずだ――無罪）

（矢口正夫専務……今回の案件でK市長との会食に自分から出席しているし、裏切れば、大野木専務と同会社の為、同業者、世間からの笑いの種になるから、損な役はしないはずだ――無罪）

（木川誠二常務……矢口専務と同様に、K市長との会食に出席しているし、矢口と同じように、裏切れば自分の会社が恥をかくことが解っているから損の役はしないはずだ――無罪）

（前川明男営業本部長……自分の立場・地位を考えても、本人が一人で今回の実行役をすることは考えられない。しかし、営業部長として、公的機関の市役所の「入札」を欠席する恥じる行為を実行したことは事実である——無罪）

哲二は、まるで自分が検事になったかのように一人一人の罪状を確認した。しかし、それで自分自身が納得できるのか！　とも自問していた。

それでも、何のために！　誰が！　何故！　という疑惑は拭い切れない。

しかし、誰かが哲二を裏切ったということが判明したとしても、今後、Ｋ市、長岡市長、川原議員、秘書の古川との関係を、今までと同じように継続し、修復はできるであろうか！

否、人と人との信頼は一度、崩れると再構築はありえない、それが人間の生きている世界であろう。

哲二は、この案件の不祥事についてで、東京の事務所に一人籠って既に二日間も考え続けていた。考えて、考えて辿り着く場所はいったい何であろうか！　と、哲二は思った。

（俺は、約この一年間を「Ｋ市」に関わった。その関わりを全て〝損得勘定〟で換算して

みよう）

Ｋ市の長岡、川原、古川に用意して渡した現金は、数千万円、それで彼らは、いくらの損をしたのであろうか！　彼らは一円も損をしていない。それは損どころか、数千万円の現金を手にして、大儲けである。

では、幹事会社の阪神技術総合コンサルタントはどうだろうか！

この会社は、案件の素案作成業務、同業者会社への根回しの手数料、これらを現金に換算しても数十万円程度であろう、損をした金は大した金額ではない！

それでは、Ｋ市の案件で損をした人間は一体誰であろうか！

それは哲二、お前だけだ！　と天上の声が聞こえたような気がしたのであった。

哲二は（ああーッ！）と心の中で叫び、頭を抱えたのであった。

東京の事務所に閉じ籠って三日目。

哲二は考え続けていた。

（俺とした男が！　政治家をうまく使って仕事を創り、己の会社の利益を上げる、その為に投資（現金の差し入れ）を一年間も続けてきたではないか！　しかも、この現状の話、実行為は世の中に公表することは絶対にできない！　アイツら、長岡、川原、古川は、俺が口を開いても、何が表に出されても「知りません、記憶にございません」の一点張りで押し通すであろう、それが政治家なのだ！　銭を授受した証拠も何一つないと言うだろう。

でも、この案件の流れの全てを公取委に告白すれば、アイツらの罪は、白日の下に曝されるであろう！

だが、その時は俺も同じ穴の狢《むじな》だ、同じように曝かれるだろう！

それは、この案件の〝絵図〟は、最初から国家の法を犯しているからなのだ！　諸刃の基に！

『談合罪《だんごうざい》』『贈賄罪《ぞうわいざい》』で……）

哲二は考え続けた。

（俺、開溝哲二――生意気な、中途半端な若造が、出しゃばって、この〝絵図〟を描いたのであるから、『官政談合』いや官・政・民の三悪協同談合で行なわれた、前代未聞のスキャンダル事件として取り上げられ、俺は全てを失うことになる。そう全てを失う。その上、罰も受ける、会社もなくなる、家族も、そして更に借金は残る、多額の億単位の借金が！）

哲二は我に返った。顔を上げて窓の一点を見つめた。体中から血の気が引いて、顔色は白布のように白く、背筋が寒くなって、体全体が小刻みに震えだした。

今までの人生で一度も味わったことのない恐怖が、哲二の体、全てを支配していったのである。

哲二は、この案件が成功するという前提で全てを実行していたのである。この案件が不成功・失敗になるという前提の諸条件は考え、策の一つにも入っていない事実が、今、明確に哲二の頭の中に浮かんだのである。

（おーい、開溝哲二さん！　哲二さん！

聞こえますか？　お前さん、今年の十二月の末の手形の支払い分！　約五千万円はどうするのですか！

手形を切っていますよネ！　正気に戻れよ！　この案件を不祥事にした人間、犯人を捜すことなんか、どうでもいいことじゃないのかい！　それよりも、この案件が失敗に終った今、一番先に考えなくてならない重要なことは手形の支払い期日、十二月の末までに現金を五千万円用意できますかい！　作れますか！　お前さん、この会社を倒産させますか？

お前さん、この会社を棄てるのですか？　お前さん、この会社を建て直すのでなかったのですか？

さぁ！　哲二さん、答えてもらいましょう）

哲二の心の中で悪魔が囁く。確かに哲二は九月の末日に、協力会社の社長を会社に集めて、今までの残債務の話をして、お互いが納得した上で今年の十二月末日の期限で、協力会社、十三社に約束手形（約五千万円分）を切って渡してあることを思い出した。

ただただ、この案件の成功を前提として実行した。それが、まさかの失敗である。その「失敗」という文字は哲二の頭の中には皆無であった。

（いやッ！　これは本当に参った、本当に参ったぞ！　どうすればいいんだ！　五千万円だぞ！　この手形の処理はできるのか？　今の俺の頭の中では考えが浮かんでこないぞ？……）と、蒼白い顔になって呟いた。

東京の事務所に籠って三日目の午後のことであった。

（手形の決済が実行できなければ、会社は倒産する。不渡り手形の振り出し人として、開溝コンサルティングは、この社会から消えていく。そして一億円以上の負債が残る。当然、会社のトップ、代表取締役・開溝哲二はその債務を責務として引き継がなくてはならない！

ええーい、一億円だぞ！　糞垂《くそった》れ！　何でこうなるんだ！　おお、馬鹿野郎！……）

と、腹の底から怒りと淋しさが込み上げてきた。

会社を興して五年目、一生懸命、毎日、頑張って働いてきた自分が、情けなくて、情けなくて、涙が自然と頬を伝わって流れ落ちた、滝のように！

（苦労して、苦労して、会社を切り盛りしてやってきて、折角きた一つのチャンス、折角のそのチャンスすら駄目にしてしまった！　俺は何と愚かな男か！　俺には才能・商才がないんだ、大馬鹿者だ！）と呟いた。

心の悪魔が、

（そうだろうよ！　馬鹿《ばか》だよ、あんたは！　能《のう》なんてありゃしないよ、図《ず》に乗《の》るなよ！　まだまだ餓鬼《がき》よ！　餓鬼《がき》は出《で》しゃばるな！　教《おし》えてあげるよ。馬鹿《ばか》は死《し》ななきゃ、治《なお》らない――んだよ！）

＊＊＊＊

その空間、その時間はどの位、経ったであろうか！

哲二は顔を上げた、涙でくしゃくしゃの顔を！　そして、

（そうか、死ぬか！　死ぬことか！　そうだ！　その道もある――！

死ねば全ての実証から解き放される、負債は、俺の生命保険で充当できるんだ、それで何もかも責任が取れる！

こんなにも辛い人生の現実は、もう嫌だ！

ああー、嫌だ！

もう、何もかも、どうでもいいんだ！

どうでも！

事業家・出世・成功・それが何だ！

この世の中は決まっているんだ、右も左も、上も下も、縦も横も、人間なんて生まれた時から！　宿命だ、決まっているんだ！　無駄な努力なんて、するもんではないんだ！

俺はそれでも、我慢して、我慢して生き抜いてきた、この〝世の中を〟！

この〝世の中〟か？　そう言えば夜間大学に行っている頃、大学の図書館で和歌を調べたなぁー。あったなぁー、その中に確か、藤原俊成《ふじわらのしゅんぜい》の和歌、
世の中よ道こそなけれ思ひ入る

山の奥にも鹿ぞなくなる
（つらい世の中からのがれようと思いつめて道のない山奥に分け入ってきたのに、ここにもつらいことがあるのだろう、あのように悲しげに鹿の鳴く音《ね》が聞こえる、ああ、のがれる道がない、これが世の中なのだなあ！）

そうだよ、これが世の中なんだ！

誰一人として、その苦から逃れられる者はいないんだ！

だから「死」を選ぶことも、道の一つだ！

武士道の〝潔く死ぬ〟

そうだ！

生きてその恥を曝《さら》すよりもいいではないか！）

哲二の頭の中で「死」という言葉が湧出してきたのである。

その時。

閉めたブラインドの隙間の一点から、遠く輝き放つ物が哲二の眼前に現われたように思えた。その輝く光の源は一体、何であるのか！　その時の哲二は、知る由もなかった。

子《し》曰《いは》く、政《まつりごと》を為《な》すに徳《とく》を以《もっ》てするは、
譬《たと》へば北辰《ほくしん》の其《そ》の所《ところ》に居《ゐ》て、
衆星《しゅうせい》の之《これ》に共《きょう》するが如《ごと》し……

『論語』の為政《いせい》第二の第一章とともに哲二の眼前に現われたのは、夜間大学の時から、いつも「苦学生」と哲二を呼び、男の人生道を教えて下さった、あの日洋興産株式会社の最高顧問、今中九一であった。


おい！　苦学生、聞こえるか！　私だよ、今中九一だ、
お前さんはやはり苦学生だなぁ！

まだ、学校を卒業していないのか！

人生という、人が生きていく生道《せいどう》の考え方を、昔、教えてやったのに何とつまらん男になったものだ！

おぃ、苦学生、いいかい、よく聞くんだ！

お前さんに私が渡した一冊の本、新渡戸稲造《にとべいなぞう》先生の『武士道』を！

文字を読んで、書の内容を深く理解していないな！　お前さんは！

苦学生よ、もっと勉強をしなさいよ！

もう一度だけ教えてあげよう。

〝武士道〟は、決して「死《し》ぬ」ことを奨励《しょうれい》してはいないんだよ、その真意は決して「潔く死ぬ」ことや「死に急ぐ」ことを教えているんではない！

〝武士道〟の真意は、「武士というのはいつ死んでも悔いの残らないように毎日を真剣に生きなさい」ということだよ！

大馬鹿者、この苦学生よ、
親から授かった大切な命を、勝手に、粗末にするものではないぞ！

生きろ！　生きて、生きて償え！

解ったか！


又、暫くすると別の人物の顔となった。

顔は笑っていたが、哲二を見つめる目は鋭く、厳しい「田部会長」の形相であった。

ボンよ！　ボン！

わたしですよ、田部五郎です。

やっぱり、〝捕らぬ狸の皮算用〟だったですかネ。

言ったでしょう、初《はな》からネ。真《まこと》の事業家はそのようなことは決してやりませんよ……と。

その上で、自分が為したことの責務は自分で取りなさいとネ。

ボン、何が「死ぬ」ですか、好い加減にしなはれ！　ボンは私の一番弟子ですよ、たった一人のネ、私の考え方を実践するのは、ボンだけですよ。

生きてこそ、ボンの人生です。その上、私の考え方をやりぬく同志ですよ！

甘えるのは見習いの弟子の時だけ！

一人前になった今は、もう甘えてはいけません！　まずは生きなはれ！　生きて、生き抜いて己のやったことを償い、新しい道をつくりなはれ！

ボン、よう解りましたな！

頑張れ「ボン」！　そして大好きな「ボン」！


又、暫く時が流れた。

すると和服姿の老婦人が、座布団の上に正座して哲二に微笑んでいた。

哲二の祖母であった。名前は「キミ」。明治生まれの芯の強い女性である。祖母「キミ」の夫は、先の「日清・日露戦争」で日本陸軍の歩兵軍曹で戦死した立派な軍人であった。

哲二は幼い頃から祖母の手で育てられていた。母親が農業に専念していたため、家事・育児は大半が、祖母の役目であったのである。哲二は幼い日、祖母の膝まくらで眠ったことを鮮明に記憶していた。

祖母が口を開いた。

哲二よ！　大変ですネ。

でも、お前さん！　私はお前さんを何十年間もこの手で育ててきました。そのことを誇りに想っていますよ。

お前さんは、明治生まれの祖父・祖母そして、大正生まれの父・母と大和人の血を受け継いでいるのですよ。

いいですか！　決して、弱音《よわね》、僻《ひが》み、妬《ねた》み、恨《うら》みは持ってはなりません。それが、どんなに貧乏で苦しい生活をしてきたとしても、我が開溝家の掟なのです。

それは、お前さんも百も承知のことですよネ。

私がお前さんに教えたことを今一度思い出しなさい。

お天道様は必ず、東から昇り西へ沈む、この流れを何人《びと》も変えることはできない。人間というものは簡単に死ぬことはできるものではない。

時がきたら、西の空から白い雲に乗り紫の法衣《ほうえ》を纏《まと》った僧侶が必ず、お迎えにみえる。その時が己の一生の最期であると思いなさい、だから、お前さんも自分の一生を大切に感謝して生きなくてはいけないんですよ。

哲二よ、いいですか！

何があっても、どんな理由を付けても、己の命を己の手で始末することは決して許しませんよ！　お前さんの父・母が生きてきた年齢までは子供は生きるのが、世の中の常でありますす。それでこそ、人間というものなんですよ！　解りましたか！

哲二よ！

今一度、自分を顧みなさい、そして、自分の今ある姿は一人で歩んできたのではないということを大切に思いなさい、多くの人の手によって守られてきた自分の現今を！

哲二よ！

〝一心不乱〟で、胆に銘じて今からを生きて、生き抜いてみなさい！

それが哲二、お前さんの今からの道ですよ！　やってみなさい、お前さんなら必ずできますよ！

祖母「キミ」は、明治・大正・昭和の激動の時代を生き抜いた、本当に筋の通った女性、否、大先輩、否、人間であろうか……。

哲二は自分という個の物体が迷路の中に入り彷徨《さまよ》っている姿しか想像できなかったのである。

幻影で現われた！

今中九一顧問、田部五郎会長、祖母キミの言葉を、頭の中に残影として見た哲二は、己自身を取り戻すのには時間が掛ったのである。

哲二が東京の事務所に籠って、既に三日目の夜を迎えたのであった。

哲二は頭と心の中で自問自答を繰り返したのである。

（俺は砂漠の中の蟻地獄に落ちているんだ。前に進んでも、後に下がっても、蟻地獄では脱出できないんだ、でも、できもしない脱出を試みるんだ！　この俺は！

何故にか？

それは、己《おのれ》の人生で「死」と「生」を考えたからであろう！「生まれる」か「死ぬ」か！

でも、俺が「死んで」、誰が一番悲しむであろうか。

それは、妻、涼子である。そして長男の琉一郎、長女の麻美である。あいつらはまだ幼い子供だ！ その幼子二人を育てていく妻も、俺が「死す」と、その後々も苦労するであろう。

俺はこの家族を、棄て「死す」ということに何の己《おのれ》の道があろうか！

俺に今まで生きることの大切な人生を教え与えてくれた妻には、本当の感謝の御礼をまだ返していないんだ。

又、幼い子供二人を立派な大人に育てる義務がある。

そうだ、義務がある、父親の居ない子供にしてはならないのだ！

俺は「死す」という道を選ぶことを考えた。この事実は嘘ではない！

たとえ、どんなに偉い人から、どんな立派な言葉を持って生きることの大切さを「説法」されようと、俺はその言葉で動きはしない。俺という男「開溝哲二」は、己《おのれ》の考え方で道を作り、生きていく人間なのだ！

それが、どうした、「死」を選択したのではないのか……あぁ、選択した……。

その事実を認めた上で、俺は生きていくのか？……。

そうだ！　その通り！　と哲二の心影の哲二が！

「開溝哲二は、三十一歳四ヵ月で『死んだ』のだ……」）と……。

＊＊＊＊＊

哲二の頭の中で考え方が交差して、凄いスピードで駆け巡った。いくつもの光といくつもの光が交わり、新しい形で生まれ、消える。その繰り返しの中で、変化して出現する人間のありさまの感覚を体得したのであった。

哲二は、座り直した。じっと腕を組んで〝正気〟と〝心の平常さ〟を取り戻して眼光も鋭くなっていたのである。そして、「俺は、今を持って死して、生きる道をつくる」と心の中で叫んだのであった。

その姿は、まさに「眼光紙背《がんこうしはい》に徹《てっ》す」という感であった。

開溝哲二、まだ若き三十一歳を過ぎた時のことなのである。

『生きる再来』

哲二は東京の事務所で久し振りに清々しい気分で朝を迎えていた。閉めていた窓の全てのブラインドを開けて、何日かぶりの外の太陽の光と空気を事務所内に充分に入れた。哲二の顔の表情も今までと違って穏やかに見えていた。哲二は顔を洗って、新しいワイシャツ、ネクタイ、そして背広まで着替えた。今から向かう新天地に自分自身の全てを懸ける気構えであった。

椅子にゆっくりと座った。そして考えを心の中で始めたのである。

（俺は今まで、目先の小さな銭で己《おのれ》の勝手な〝絵図〟を描いてきた。これからは、俺の生きていく道をつくるための〝策〟を考える、もう〝絵図〟は描かない！

〝策〟に自分が嵌ったのでは何もならない、それと俺の性分が完璧さを求めた。完璧さは必要であるが、己《おのれ》自身の考えに酔って、嵌って口を滑らしては駄目だ！　〝策〟の本音は己《おのれ》を殺して相手を嵌めるのみだ！　その上、相手が一番嬉ぶように全てを仕込まなければならない！　己《おのれ》の腹の中の本分は、相手に対して七分《ななぶ》出して、残り三分《さんぶ》は絶対に腹の中に納めておかなくてはならないのだ！

又、何事の〝策〟を考えるにしても、相手の力が、己《おのれ》自身の力より優れた力を持っていることを自覚して事に臨め。決して己《おのれ》の力を過信するな！

策士にとって最も重要な考えは、最終段階で全ての〝策〟の内容の見直しをやりとげよ！一片の落度もあってはならない、その一つの落度によって、全ての「策」が無駄になる実が多いからだ！）

哲二は、自分を戒めた。

「さぁ！　どうするか？　一《ひと》つひとつを整理して、準備をし、実行動を取らないと……」

そう言って、大学ノートを机の引き出しから一冊取り出し、表紙に「生きる再来」という文字を墨ペンで書きこんだ。

哲二は頭の中で考えて、浮かんだことを呟きながら筆を進めた。

（この会社、開溝コンサルティングを、倒産という形を取らずにこの難局をいかに乗り越えていけるのか！

だが、協力会社、十三社には既に手形を切って渡してあるぞ！

その総額は、約五千万円であるぞ、その期日は、今年の十二月の末日だ。

あと二ヵ月と少々の時間しかないぞ！

まてよ、金融（銀行）の借入金の返済はどう宛《あ》てがうんだよ！

金融側に、俺の考えや、動きを読まれないように進めなくてはならない。その動きは、協力会社、否、誰にもだ、もし読まれたら最後だ、終了するぞ！

その前に社員がいる！　そう、社員だ、今五名の社員が出向の形でいる。彼らの将来を潰すわけにはいかない、彼らが生きていく道を作ってやらねばならないだろう！

この仕事が最優先だ……！）

哲二が望む、開溝コンサルティングの将来の姿・在り方は、哲二が悩み、苦しみ、踠《もが》いて生みだした策の一つであろう。それを哲二が一人で実行するという大きい曲面を迎えて居たのである。


哲二は翌日から行動を開始した。

社員五名の出向先会社に出向いて、担当部長に会って、自分の会社の現状を説明し、今の段階での会社の苦況を話し、一人一人の技術者の立場を有利になるように話を進めたのである。その上で各々の会社に社員として採用してもらえるようにお願いをしたのであった。

大手五社のコンサル会社の担当部長は全員が哲二の考えに賛同してくれた。さらに、「開溝社長、本当に出来の良い若きエンジニアですよ、私共としたら喜んで引き受けますよ、後のことは心配なさらないで下さい」

と、労《ねぎら》ってもらったのである。

哲二は世の中という物はどんな時でも、「棄てる神あれば、拾う神があるものだ」と、つくづく感謝した。

次に仕事を受注している。大手ゼネコン、大手コンサルにも挨拶に廻った。会社を創業して以来、五年間近く協力会社として多くの仕事を廻してもらったお礼と今後のことをお願いしたのである。

「自分の体調が悪いため、仕事を少しの間、休業したい」との旨を伝えたのであった。

各々の会社の担当者も、「開溝社長、体調が回復したら又、顔を出して下さいネ」と、労いの言葉をかけてくれた。

社員五名の今後の道も確定し、又、大手ゼネコン・大手コンサルの仕事受注先各社にも今後の展開の許しをもらって、対応に一応の目安が付いた。

そうして、いよいよ借入金が山ほど残っている銀行へのアタックを開始したのである。哲二が取り引きをしている銀行は、全部で五行であった。どこの銀行も、規模は中以上で、営業も東京中心だけでなく、海外にも進出している銀行であった。

哲二は、一行一行に顔を出して借入金の返済について自分の考えを説いたのである。月々の借入金の返済金額が約束した金額では到底無理で現況の会社状況を詳細に渡り説明を繰り返したのである。

哲二は、借入金は何年掛かっても返済する旨を伝え、毎月の返済を分割して返すことを理解してもらうために、体を張って相手に解ってもらう方法でしぶとく食い下がった。

銀行の借入金額総額は約六千万円であった。一行当りの借入金は、多い銀行の支店で、約一千五百万円。兎に角、「借金は必ず返す」という自分の意向が銀行側に伝えられ、解ってくれたら充分であると哲二は思っていた。

銀行側から見れば、哲二の会社クラスの規模の取引会社は、東京の中心の場所に於いては掃いて捨てるほど存在していた。いちいち、その会社の経営内容について、銀行側は深くは考えていなかったのであろう。

哲二は一行一行、銀行を廻って話をするうちに気が付いた。

どこの銀行の支店、融資課長も、

「社長さん、貸した金を返して下されればいいんですよ！　会社が潰れようと、どうなろうと私共は一切関係ないんです、要は借金を返済してもらえれば文句は一切ありませんネ！」

その一点張りであった。

哲二は執拗に、

「今はその返済金額が、約束の金額では返済が無理の状態なので、月々、少しずつでも返済させてもらいたいのです。一生懸けてもやりますから、そのことを認めてほしいのです」

と繰り返した。

哲二はその打合わせを、毎日、朝一回、午後一回と一日に二回、銀行の支店に顔を出して担当者に同じ内容、言葉を言って説いた。

人間というのは摩訶不思議な動物である。再三にわたり同じことを言ってくる一人の男に、とうとう愛想が尽き果てたのであろう。

「社長さん！　もういいですよ！　よく解りましたよ！　貴男の好きなように進めて下さい！」と。

折れたのである！　銀行が！

哲二はその支店のフロアーに土下座して、

「本当に有り難うございます。それでは宜しく取り計って下さいますようにお願い致します！」

と、支店中の行員、来店客が吃驚するような大声で叫んだのであった。

Ｋ市の案件が失敗に終ったことにより、人としての哲二の人生が大きく変貌しようとしていたのであろう。

社員の五人の運命も大きく変わった。又、大手ゼネコン・大手コンサルの元請けの会社からも、哲二の体のことまで心配していただいた。その上、銀行も、哲二の返済案を一応呑んでくれたのである。

これらのことを考えると、哲二は、古書、淮南子《えなんじ》の書から、

「禍福《かふく》は糾《あざな》える縄《なわ》の如《ごと》し」

まさに、

「人間万事塞翁《にんげんばんじさいおう》が馬《うま》」であると思ったのである。

＊＊＊＊＊

K市の案件の不祥事を発生させて、もう既に十日間が経っていた。哲二は自分の生きるという考え方を変えてから、世の中を観る目が大きく変わって見えるような気がしていたのである。

自分の会社、開溝コンサルティングをどのように持っていくべきか、段々と明確に頭の中で描かれていくのであった。

（これからの〝策〟は、もっと慎重に進めなくては、決して焦るなよ、お前ならやれるからな！）と自分に向かって、哲二は心の中で囁《ささや》くのであった。

その時、東京の事務所の入口のチャイムが鳴った。哲二は入口に出てドアーを開けた。

「あぅッ……！　大野木専務！……」と呟いた。

ドアーの外に立っていたのは、阪神技術総合コンサルタント東京支店の専務取締役、大野木好夫氏本人――。

「開溝社長！　開溝社長！……。私は何とお詫びを申し上げたら……」

ひたすら恐縮する大野木専務を、優しい眼差しで、哲二は事務所の中に迎え入れた。事務所の中に入ってすぐ、大野木は事務所の床に両手を付いて土下座して頭を床に付けるような仕草で、

「開溝社長！　本当に申し訳ありませんでした。何と言ってお詫びをしたら宜しいのか！私、九州出張から帰って、この事案を大阪本社で初めて聞きました。この件の全ての事の流れ、結果を把握してから、開溝社長の事務所に伺おうと思って、今日になりました。先ずは、何と言ってもこの不祥事を起こしたことをお詫び申し上げます。誠に申し訳ありませんでした。本当に申し訳ありませんでした……」

大野木は涙を流しながら、何度も何度も土下座をしたまま、頭を下げていたのである。

哲二はその姿にそっと近付いて、両手で大野木を抱き上げるようにして、

「さぁ、大野木専務、立って下さい。大丈夫ですよ！」

そう言って、大野木を立たせ、腕を抱えて事務所内のソファーの席に案内したのである。

大野木は、背広のポケットからハンカチを取り出して眼鏡を上げて涙を拭いて、座った姿勢を正して、哲二の方に目を向けて、再び喋りだした。

「開溝社長、本当にこの度の不祥事、私、大野木好夫、一生に一度の不覚であります。私

が、九州出張に行って居なければ、こういう事態にはならなかったはずです。何と言ったら、許してもらえるでしょうか！　いや、許してもらうことはできませんネ、私共の会社の行った事実は――。本当に許しがたい事実ですから……」

哲二は黙って大野木の話を聞いていた。そして、一区切りの節に、

「大野木専務！　今回のK市の案件で、御社があのような不祥事を起こされました。そして、その場に私は立ち会って居ました。でも、大野木専務！　私はこれで良かったと思っています！」

と告げた。大野木は「えッ」という声と顔で、

「開溝社長！　どうして！　どうしてですか！　何が良かったのですか！　開溝社長！　貴男は裏切られたのですよ！　それを！　どうして⁉」と問い詰めるように、又、腑に落ちないという顔つきで聞き返してきたのである。

哲二は顔色一つ変えず、

「大野木専務！　これで良かったのですよ！　私にとって。仮に、この案件が成功していたとすると、私は若き策士としていろいろと噂されるでしょう。又、同じような仲間からは『開溝哲二は、凄い、切れる男だ』と、煽《おだ》てられるでしょう。そして私は天狗になるで

しょう。結果、その程度の人間、男で終ってしまいます。この出来事は、私、開溝哲二にとって、今からを生きていく一つの大きい人生の布石となりました。

私の方から、今回の不祥事を起こされた事証に対して、そのお礼を申し上げたいぐらいです！」と、大野木の方に目を向けて、穏やかな表情で微笑んだのである。

それを黙って聞いていた大野木は、目を白黒させて、

「いやぁ！　あぁ！　開溝社長！　開溝社長には本当に降参です、参りました！　私も、大阪の本社でこの不祥事を聞き、役員一同の前で最初に口から出た言葉は、『開溝社長に殺されるぞ』と叫んだのでございます！　私は本社で、何故に！　このようなことを起こしたのか？　何度も、何度も、矢口、木川、前川に問い詰めたのでございます。……しかし、誰一人として真意を私に話してくれませんでした。残念です。

私は私一人でもいい、開溝社長に会って、この不祥事を直接、謝らなければならないと思い、ようやく今日に至ったのでございます。本当に再度、謝ります――」

と、ソファーの席から立ち上がり、「本当に申し訳ありませんでした！」と、深く、深く頭を下げたのであった。

哲二は黙って頷くだけであった。

一人の男が一つのことを〝絵図〟のように仕掛け、別の一人の男がその〝絵図〟を信じ、そして二人の共同作業として、天下・国家の法を欺いた。その一例が最後に残した影は何であったのであろうか、哲二も大野木も知る由もなかったのである。

哲二はソファーから立ち上がって、キッチンに向かい、冷蔵庫から缶ビールを二本取り出して大野木に差し出した。

「どうぞ。一杯、飲みましょう」といって栓を抜いたのであった。

二人は静かに、缶ビールで、この案件に対して献杯をした。

暫しの時が流れた。哲二が静かに口火を切った。

「大野木専務。私と貴男と随分長い付き合いをしてきた気分になりましてね、今回の不祥事のこと、私は貴男をずっと信じていました。それは今も同じです。ですから私は電話一本すら差し上げなかったのです。貴男は必ず、東京の私の事務所においでになるという確信を持っていました。又、貴男はこの私を裏切ることは絶対にしない人だと！

私は、今日は本当に嬉しかったです。本当にその確信を現実に味わいましたから！　真意を持って私に頭を下げにお見えになったことが、筋を通す人間の証《あかし》でありましょう！

大野木専務、私もＫ市の今回の案件に於いては、約一年間で、私の自分勝手、都合だけで、相当の投資をさせてもらったことも事実であります。又、御社がこの私を裏切ったという事実には何ら変わりはありません。しかし、この裏切り行為の事実が、真《まこと》の事例に伴って居るのか、否かと言えば、否でありましょう。

ですが、私も弱い人間の一人なのです。

と、言っても、御社、阪神技術総合コンサルタントと、私の会社、開溝コンサルティングの二社が、喧嘩をするということではありません。仮に喧嘩をしたとしても、何一つ、得は生まれてこないでしょう。どうでしょうか！　大野木専務！」

哲二は、話を途中で切って、大野木の顔を、鋭い眼光で見つめたのであった。

大野木は、その眼光を受け止めて、

「開溝社長！　その通りでございます。私が今日、御社へ出向いてきたのは私の考えで、少しでも、この不祥事の件で両社が大きな騒ぎや、つまらない喧嘩をしないで話し合いで、示談といっては可笑しいですが、良い関係に持ち込める方策はないものかと腹を割っての相談をしようと思っていましてね！　開溝社長！　貴男の腹づもりはどうでしょうか？その当たりをお聞かせ下さい、私は開溝社長の申し出は、全て聞くつもりでやってきたのですから……」

哲二はソファー前の卓上の缶ビールを取って、ぐっと飲んだ。

一息、静かに吐いて、

「大野木専務！　K市の案件の不祥事は、実のところ、私は腸《はらわた》が煮えくり返る思いであ、い、い、りました。そう、ありました。私にとっては過去の事案です。大野木専務の言われている方策、具体案はもう、作成してあります。どうぞ、見て下さい……」と言って、机の引き出しから一枚の紙を取りだし、哲二は、大野木の眼前の卓上に置いたのである。

和解条

㈱阪神技術総合コンサルタントと㈱開溝コンサルティングの両社は以下の内容で和解するものとする。

和解条項

一、㈱阪神技術総合コンサルタントは、㈱開溝コンサルティングに対して、和解金、参阡万円を現金で一括支払いをすること。

二、㈱開溝コンサルティング、代表取締役、開溝哲二氏に対して、毎月、現金で四十万円を顧問料として支払うこと。

（但し、支払い開始から十二ヵ月をもって終了とする）

三、この和解条は、二社以外の第三者に渡った場合は、全ての条項は成立しないこと（無効となる）

昭和〇〇年〇〇月〇〇日

㈱阪神技術総合コンサルタント

代表取締役　泉川三郎《いずみかわさぶろう》　印

㈱開溝コンサルティング

代表取締役　開溝哲二　印

大野木は、卓上の〝和解条〟の紙面を食い入るような目で追って、そして哲二に向かって口を開いたのである。

「開溝社長！　拝読させてもらいました。私はもっと厳しい内容かと思っていました。それでは、これを早速、本社へ持ち帰って早急に検討し、御返事を申し上げます。開溝社長の人生に対する考え方は、昨年の冬の新宿の店で一緒に酒を交わした時から私は充分、御理解をしているつもりです。私共の会社の役員が一人一人、少しでも貴男のような考え方ができれば、当社はもっと大きく成長するんでしょうが……。私は当社の役員の一人として残念でなりません……どうでしょう、開溝社長！　私は貴男の人生に対する生き方が好きです、貴男とは何があっても長い付き合いをしたいと思っています。どうか今後も、呉々も宜しくお願い申し上げます。友人として付き合って下さいませ！」と、言ってソファーから立ち上がると、深く、哲二に対して頭を下げたのである。

哲二は微笑んだ。

「大野木専務、私は貴男が思われているような人間ではありません、そんなに買いかぶらないで下さい。ただ、この案件の不祥事を指示した人物が誰であるのか、私はようやく解ったのであります。ですが、その人の名前を挙げることはやりません。

そのことは、私がいつも申し述べてきた、私の生き方にかかるからなのです。私が『諸《もろ》刃《は》の憲《けん》』の生き方から学んで掴んだものですから……。私は今後一生、今回の重荷を背負うて生きて参ります」

哲二は、大野木に話した内容は、自分自身に問うことも含んでいると思ったのである。

そして徳川家康のことばを思い出した。

『徳川家康のことば』
人の一生は、重荷を負うて遠き道を行くがごとし、
急ぐべからず、不自由を常と思えば不足なく、
心に望みおこらば、困窮したる時を思ひ出すべし、
堪忍は無事長久の基《もとい》、怒は敵と思へ、
勝つ事ばかりを知って、負くる事を知らざれば、害その身に至る、
おのれを責めて人をせむるな、
及ばざるは過ぎたるより優れり——。

開溝哲二という人間について、多くの同窓・知人・仲間がその後の談話の中で、「哲二さん」は、昔の戦国時代の武将の、織田信長、豊臣秀吉、徳川家康の三人の中で、誰に一番、性格や考え方、そして生き方が似ているのだろうという話が上がった時、知人や仲間の誰もが、「それは織田信長だよ」と言っていたのである。

しかし、哲二の人生に於いて、生き方、考え方、策の練り方は、徳川家康を参考にした事実を、何人《なんぴと》も知らなかった。

「大野木専務、今日はわざわざ、私の東京の事務所まで来ていただき有り難うございました。今後の処理は貴男に任せます。貴男を信じて居ります……」と、哲二は、両手を出して、大野木の両手を強く握り締めたのであった。

哲二は、大野木が事務所を去った後、一人で自分の机について考えを巡らしていたのである。

（人間というものは、優秀な成績で一流大学を出て、官僚になることが本当に偉い人間なのだろうか、一流の会社に就職して役員になることが偉い人間なのだろうか、銭と地位と名誉を追い求めて生きてきた結果がそうなるものなのであろうか、それで人としての本当の幸せを掴むと言えるのであろうか！　……私には今、よく解らないんだ！

あの大阪の阪神技術総合コンサルタントは、関西地区だけでなく、全国でも有数のコンサルタント部門で一流の企業として、成長してきた会社である。社員一人一人も国立の一流大学・大学院卒業生なのである。学者の集合体企業である。その会社の仕事は大半が癒着による受注ではあるまいか！　この国を支えていかなくてはならない人間の考え方を単に己《おのれ》の利益に置きかえて仕事を受注し、実施する行動は法を犯してはいないのであろうか！

しかし、今回のK市の案件では、企業として卑劣な行動を取ったことは事実である。その元を探れば〝談合〟に辿り着く。談合という行為そのものが罪であろう。そのこと自体が〝正義〟ではない。〝癒着〟も〝談合〟も、法を犯すことではないのか！　仕事を公からもらうということは、談合を成立させないと仕事の分配がうまく進まないという証であろう。

この矛盾はいかにして説けば納得がいくものであろうか、この課題は人が人である限り永遠に続く問題であろう。

俺は「死して生きる」という苛酷な道を選定したのだ！　それが正しい選定であろうが、なかろうが！　もう、その道を歩いているんだ！

その時、どこからか声が聞こえてきた。

『おい、哲二！　何を迷っている！　何を動揺しているのか！　お前は、僅かな油断もできない、隙も見せられない、諸刃の剣の上を歩くことが、お前の宿命なのだ！』

そうであった。

俺は他人様がどうであろうとも、己《おのれ》の道を己《おのれ》で創っていくと決めたんだ。

俺は、日洋興産時代の今中九一顧問、山川茂部長、安友和樹所長、カワノビルオーナー・田部五郎会長等の諸先輩達から〝知識〟と〝智慧〟を獲得したのではないか、そのことを、ひたすら実践していく責務がある。必ず実践していかなくては、価値が生めない。そう、その通りだ、もう迷うことはない）

哲二は、自分という人間は、日々、時々、年々に於いて、常に考え、迷い、苦しむ、悩む、踠《もが》くという地獄変相の世界から抜け出すことはできないのだ！　と。

その中で生きていく道を、自分・己《おのれ》が選定した道なのだと再確認したのであった。

＊＊＊＊＊

哲二が、株式会社開溝コンサルティングを倒産という形を取らず、また裁判所・弁護士の力を介入させないで残す策とは、如何なるものであるか。

哲二は、大野木と別れた後も、日々、思案に暮れていた。

最大の難関は、九月末日に協力会社十三社に振り出した手形の決済の方法である。振り出した当時は、K市の案件が成功することが当然という思索で進めていた。けれども、その一番大切な〝金蔓《かねづる》〟が、今は切れてしまったのが現実であった。

哲二が、大手コンサルタント、大手ゼネコンの下請けの仕事を最近、減らしているという噂を聞きつけたかのように、協力会社十三社の内、数社が動きを始めていた。

丁度、あのK市の案件の不祥事が発生してから約一ヵ月が経っていた頃であった。

（協力会社といえば聞こえがいいが、どの会社も、社員二、三人の家内手工業程度の会社なのだ！　私が九月末日に、一社、一社に必ず現金で支払うからと約束をして「手形」を渡したのだが、やはり、あいつらには無理だったんだ！　明日のステーキよりも、今日の麦飯のほうが腹が早く満腹になるからなぁー。

だが、私の会社の「手形」では、どんな銀行、信用金庫に持ち込んでも、融資は実行されないだろう、それが現実の社会だ……。とすると、町金融に持ち込むか！　二束三文の値で買い取られるか！　まぁ、その程度であろうな！

十三《あいつら》の会社は、必ず動く、そして債権者会議のような形を要求してくる！　だとしたら、私が先手を打って債権者会議を開くか！　どうだい！　正式な債権者会議ではなく、金融、弁護士、公認会計士も入れずに形だけの債権者会議を開く！

十三《あいつら》の会社は、〝金の支払い〟を要求してくるだろう、現金での！　だが、持っているのは手形だ。手形には支払い期日というのがあるから、私はその事実を強く主張すれば、十三《あいつら》の会社は、どうすることもできないはずだ！　まして、もう既に何社かは！

極道側《あちら》の人の手に掴まれている会社もあろう……二束三文の値の現金でびんたを張られて……。

極道側《あちら》の人は、それなりの鼻が利くから、どんなに弱小零細の企業の手形でも、その額面総額が、約五千万円という金額となれば、又、纏《まと》めて一度で手に入るとなれば必ず、必ず動くことに相違ないだろう……）

哲二は奥歯を噛み締めた。

（私は今度こそ、この〝策〟をうまく進めなくてはならない！　それは、協力会社の十三社が、ばらばらに私の手形を保持しているなら、いつまでも十三分の一の確立で私の会社、開溝コンサルティングを倒産に追い込むことができよう。

私にとって弱みが残り、私が練った策で私の会社を守るという目的から外れてしまうからだ！

それと、阪神技術総合コンサルタントの和解金の参千万円の件は、誰にも絶対に喋ることはできない、まして協力会社には特に気を付けないと！　十三の会社《あいつら》は、口では男気、人情、義理とか、旨いことを言うが、〝銭〟が絡むと、自分の立場しか見えない、考えない、程度の低い集合体なのだから……

できることなら、極道側《あちら》で、私の振り出した「手形」の全てを一つに纏《まと》めておいてもらいたいものだ、そうすれば、その上で交渉の糸口が見えてくるであろう。兎に角、その動向を見極めておきたいのだ！）と……。

哲二は今日という日を迎えたのだと、現実の我に再び返ったのであった。

机の上に広げてある収支報告書、その横に『生きる再来』と書かれた表題の大学ノートが開かれて置いてあった。ここには、哲二が今からやるべき実行動が詳細にメモされている。

その時、心の悪魔が、こう囁いた。

（おい、哲二、今日の債権者会議というか、形だけの債権者会議の場で、お前さんは、よくぞ！ 自分が会社経営を真剣にやってきたのに、中小弱小企業は利益を出して儲けることが、本当に難しいという苦難の表情で協力会社十三社からの責務の追求を、心を静かにして最大限の苦況を説明し、受け止めたものだ！

このワシも感心したよ！

お前さんが、『死して生きる』という道を選定したという事実は、人間をこれほど強くするものか！ 人間をこれほど冷酷にするものか！ 人間をこれほど変貌させるものか！

もう、お前さんにワシが喋りかける必要がないんだなぁ――。本当に寂しい気持ちがして、残念だよ！

おい、哲二、お前さんの決めた道、『死して生きる』を進んでみなよ！

ワシが必要な時にはいつでも声を掛けてくれよ、すぐにでも出現してやるからな！）

しかし、哲二は心の中でつぶやいた。

（心の悪魔よ、もう要らん！　二度と私の前に出ることはないだろう！　お前さんこそ、悩みがあれば、私が相談を受けて答えを導いてあげるよ！　それでも今までの礼はいうよ、有り難う）

哲二は、再度、大学ノート『生きる再来』に目を落した。

まず、金融の借入金返済方法。切った手形の回収方法。大阪に本社がある阪神技術総合コンサルタントとの和解金の交渉方法。事務所の撤退方法。社員の将来。そして一度も会ったことのないあちら（極道）側との手形買取方法。

家族のこれからのこと、妻・涼子、長男・琉一郎、長女・麻美達の将来のこと、次から次へと頭の中に浮かんでくる。その一《ひと》つひとつの事象を大学ノートに書き込み最終のチェックを丹念にしたのであった。

大阪へ出向く日程まで二週間も残っていなかった。哲二は、翌日から着々と最終の準備に取りかかったのである。

銀行に、再度、顔を出して返済する意志と、哲二の自分勝手な取り引きを何とか実現するために、念を押す心構えで銀行一行、一行に挨拶をして廻ったのである。その時、哲二は思った。

(銀行も現状のままでは生き残れないだろう、現状の姿・形だけでなく、機能も再構築しないと生存できないだろう。しかし、今の奴らはその現実に気がついていない！　銀行が、一番、安定している最高の企業だと皆が思っている。が、必ず近い将来、大改革・大編成が行われるだろう、それが、この世の中という難解な人間の世界なのだ！)

(又、手形の回収の件は、雄さん、こと共進会若頭補佐の都賀雄二氏にお願いをして段取りは付けてもらった。雄さんに、哲二の真の心を読まれないで何とか話はつけた。そして道を作ってもらった。あとは、只、信じてやり抜くだけだ！)

(阪神技術総合コンサルタントとの和解条件は命を懸けても成功させてやる、それが成功しないと私が立案した〝策〟が崩れる)

哲二はこの二点だけは、最高度の心の準備で立ち向かう決心を固めた。

そして、東京の事務所の整理は序々に進めていった。目立たぬように、他人様に気付かれぬように、事務所の中の机、椅子、ソファー、ロッカー、書籍類等をことごとく整理する。

事務所の備品を整理しながら、いろいろな思いが浮かんできた。

人間という動物は不思議なものである。己《おのれ》が最低の場、いや地獄の場を観て、実体験をすると、その時から心は妙に落ちついて、世の中の全ての物が目に入り、全ての考え方が冴え渡るものである。

哲二は、現状、最低の貧乏であり、借金一億円強も背負っているのに、何故か体全体、心の中まで飛び跳ねるぐらい自由な気分になっているのであった。道路の端に落ちている十円銅貨と一億円の債務、少しも変わらぬように思えてきたのであった。

事務所の電話は最後の最後に取り外すことに決めていた。哲二は、事務所を管理オーナーに明け渡す当日、一本の電話をかけた。

相手は圭ちゃんこと黒津圭仁《くろつけいじん》、スナック『マイウェイ』のオーナーである。

「もしもし、圭ちゃん、開溝です」

同志である圭ちゃんには、どうしても東京を離れる旨を伝えておきたかった。

「やぁ、あぃや、開ちゃん！　おー、大丈夫かい？　えッ、例の件、失敗したのかい……。噂で聞いているよ！　会社はどうするんだよ！　大変じゃないかい！」

哲二は東京を離れる本当の理由を説明し、必ず、いつの日か又、東京で仕事をするから、それまでは再会はできないと強い決心をしたことを告げたのであった。二人で元気に生きて、必ず再会する旨を確信し約束をして電話を切ったのである。

哲二はこれで全ての東京の事務所に於ける残務は終了したと、ようやく、踏ん切りが着いた気持ちであった。ビルのオーナーに事務所のカギを返却して、事務所の外で、哲二は直立不動の姿勢を取って心の中で（お世話になったなぁ、有り難う）と、深く誰も居ない事務所に頭を下げた。寒い冬の始まる十一月の下旬のことである。

哲二は駅に向かう道を歩きながら、建ち並ぶ都心のビルを見上げて、

（必ず再起して、いつか自分のビルを持ってやる！　その日まで、この夢は預けておくよ！）

と心の中で叫んだのであった。

哲二は久し振りに自宅に帰った。家の中は何一つ変わったことなく、以前の家族の状態であった。哲二が自分一人でこの世の中を彷徨《さまよ》って一人で騒いでいたかのような、まるで蚊帳の外の話のような雰囲気であった。

涼子は特別な感情で哲二に接する訳でもなく、子供達は二人共、無邪気で楽しそうに遊んでいる。哲二は、涼子は本当に優しい良妻賢母の女性であると改めて見直すのであった。

その姿、光景は、哲二が生きてきた〝騙す、騙された〟という世界とは全く別の世界のようにも思えたのである。

哲二は、自分が『死して生きる』という考え方を持って、大阪での「大仕事」をすることなど、一切、一言も、涼子に話すことなく、自分の胸の内に納めていたのであった。涼子には、今度は暫くの間、大阪での仕事が有るので単身で大阪に行く旨を話したのである。自分のことは何も心配せず、家族のことを守って待っていてほしいと伝えた。涼子は、「大丈夫ですよ、私達は。貴男こそ、体には充分気をつけて仕事をして下さいネ」と、いつものように言葉をかけてくれたのである。

哲二は心の奥底で、

（私にとって阪神技術総合コンサルタントという会社は権高《けんだか》で、闘う相手として何ら不足はない会社だ！　待っていろよ！　私が行くまで！　この戦は名付けて、『大阪冬の陣』だ）

と檄《げき》を飛ばした。

そして、大阪へ向かう準備を始めた。

（春　了）

あとがき

この小説を読まれている諸氏の方々に厚く御礼申し上げます。

小生の小説「諸刃《もろは》の憲《けん》」は、自然の季節に春夏秋冬があるのと同じように、人が生きて行く人生にも四季があるという意を持って書いたものです。

今回の作品は主人公「開溝哲二《かいこうてつじ》」の人生の「春」の項であります。開溝哲二という、昭和～平成～令和の時代を生きた一人の男の生き様です。読者の熱い応援で見守って、春～夏～そして秋～冬と一人前の人間に成長させ育ててやって下さい。小説を書くのは小生であります。ですが、開溝哲二という人間を育て成長させるのは読者の方々の力と信じています。何卒、宜しくお願い申し上げます。

又、この度の小説「諸刃の憲」を出版するに当たり、文芸社、文芸社出版企画部、砂川正臣氏、文芸社編集部、宮田敦是氏には、大変な御助力を賜わり厚く御礼を申し上げます。

（了）

令和三年二月　山賀幸道

著者プロフィール
山賀　幸道（やまが　こうどう）
1951年生まれ、島根県出身。
専門学校、私立大学（夜間部）を卒業。
中堅ゼネコン（建設会社）研究所を経て、会社経営に携わる。退職後、野武士哲学と称し、哲学、儒教の四書、漢籍、等に親しむ。

諸刃《もろは》の憲《けん》（春）

2021年５月15日　初版第１刷発行

著　者　山賀 幸道
発行者　瓜谷 綱延
発行所　株式会社文芸社
〒160-0022 東京都新宿区新宿1－10－1
電話 03-5369-3060（代表）
03-5369-2299（販売）

印刷所　株式会社フクイン

ISBN978-4-286-22625-5